KAMPENWAND
VERLAG

ISBN: 978-3986600051

Raiffeisenstr. 4 · D-83377 Vachendorf
www.kampenwand-verlag.de

Versand & Vertrieb durch Nova MD GmbH
www.novamd.de · bestellung@novamd.de · +49 (0) 861 166 17 27

Text: Nele Blohm
Lektorat: Textwerkstatt Anne Paulsen
Korrektorat: SW Korrekturen
Covergestaltung: Nadine Kapp
Covermotiv: Shutterstock ©Evgenia_art_art, ©asya_su, ©VerisStudio, ©KENG MERRY paper art, ©Pawel Kazmierczak, ©ThomBal, ©Olha Rohulya, ©Golubovy, ©Vector Tradition, ©Melody_a_m, ©nubenamo, ©Zolotareva Yuliya, ©bioraven
Druck: CUSTOM PRINTING
Wał Miedzeszynski 217, 04-987 Warszawa, Polen

Nele Blohm

Die Liebe will Meer

Prolog

Das Meer war so laut, dass ich es für Donnergrollen hielt. Der Wind pfiff um die Ecken und rüttelte an mir, als wollte er mich zurück ins Haus wehen. Nervös blickte ich immer wieder über die Schulter zu Opas Kapitänshaus. Dunkel ragte die Kirche dahinter hervor. Nur der Mond und die Sterne leuchteten mir den Weg. Die nächste Straßenlaterne war ein Stück weit entfernt.

Eilig huschte ich auf Zehenspitzen durch den Garten. Opa hatte einen leichten Schlaf. Er durfte nicht aufwachen. Unter gar keinen Umständen. Denn dann wäre alles umsonst gewesen.

Mit zittrigen Händen drückte ich die eiserne Klinke des niedrigen Gartentors herunter. Das unnachgiebige Quietschen folgte auf dem Fuße. Barfuß stand ich da und schickte ein Stoßgebet nach dem anderen gen Himmel in der Hoffnung, ich würde dennoch unbemerkt bleiben.

Bevor ich mich hindurchstahl, verharrte ich noch einen weiteren Moment an Ort und Stelle und blickte abermals wie gebannt hinter mich zum Haus. Noch immer war kein Licht zu sehen. Erleichtert atmete ich auf und schlich mich schließlich wie eine Diebin davon.

Mein Weg war nicht weit. Lediglich bis zum Nachbarhaus musste ich mich durchschlagen, ohne bemerkt zu werden. Dennoch schlug mir das Herz bis zum Hals, während ich mich immer wieder nach allen Seiten umsah.

Es war bereits weit nach Mitternacht und Nieblum lag schlafend vor mir. Nicht mal die alte Jensen kauerte an ihrem schmalen Fensterbrett, um alles und jeden in dem kleinen Örtchen auf der Nordseeinsel Föhr im Blick zu haben. Offenbar ging ihr der Wunsch nach Tratsch und Klatsch nicht über ihre Nachtruhe.

»Henning?«, rief ich leise, als ich an meinem Ziel angelangt war.

Mein Herz schlug noch einen Takt schneller. Diesmal lag es allerdings nicht an der Angst, entdeckt zu werden. Kribbelnde Vorfreude überzog von meiner Magengegend aus meinen ganzen Körper. Wohlig warm war das Gefühl, wenn ich an den Jungen dachte, den ich vor wenigen Tagen das erste Mal geküsst hatte.

»Henning?«

Unruhig sah ich zu dem Fenster, hinter dem sich sein Zimmer befand. Der Garten seiner Großmutter war von Hecken und Büschen umrankt. Einen englischen Landhausgarten hatte sie ihn genannt, als sie sich mal wieder mit Opa Paul am Zaun gestritten hatte. Worum es dabei genau gegangen war, konnte ich nicht mit Gewissheit sagen. Die beiden stritten sich beinahe täglich, sodass ich es mir angewöhnt hatte, ihren Worten keine allzu große Beachtung zu schenken.

»Henning?«, rief ich abermals und suchte dabei den Boden nach einem kleinen Stein ab. Doch bis auf einen akkurat gemähten Rasen spürten meine Finger nichts.

Meine Augen hatten sich in der Zwischenzeit an die Dunkelheit gewöhnt. Der Mond war fast rund, und auch die Sterne taten ihr Übriges, um mir zu helfen.

Ich suchte nach dem Handy in meiner Hosentasche, das ich mir von dem Geld gekauft hatte, das ich in meinem ersten Ferienjob in dem kleinen Tante-Emma-Laden von Frau Krause verdient hatte. Opa Paul war sowohl gegen die Arbeit bei Frau Krause als auch gegen das Handy gewesen. Er hielt generell nicht besonders viel von den technischen Errungenschaften unserer Zeit. Wäre er nicht so ein großer Fußballfan, hätten wir vermutlich nicht einmal einen Fernseher.

Wenn ich mich mit Opa Paul, der für gewöhnlich ein friedfertiger Mensch war, wie gestern Abend, mal wieder in die Haare bekam, überlegte ich, ob es nicht doch besser wäre, zu meiner Mutter oder meinem Vater aufs Festland zu ziehen. Die beiden hatten sich vor zwei Jahren getrennt und ließen seither kein gutes Haar am jeweils anderen. Auch deshalb wohnte meine Mutter jetzt in München und mein Vater in der Nähe von Hamburg. Damit waren sie ausreichend weit voneinander entfernt und liefen nicht Gefahr, sich unerwartet über den Weg zu laufen.

Die Atmosphäre zwischen den beiden war so vergiftet, dass ich sie regelrecht angebettelt hatte, mich zu Opa Paul ziehen zu lassen. Sie waren strikt dagegen gewesen. Erst als ich damit gedroht hatte, freiwillig ins Kinderheim zu gehen, hatten sie eingelenkt. Nun wollte ich ihnen nicht die Genugtuung geben und eingestehen, dass nicht immer eitel Sonnenschein auf der Insel herrschte.

»Was machst du denn da auf dem Boden, Meike?«

Hennings Stimme war so dicht an meinem Ohr, dass ich erschrocken zusammenfuhr und mich nur im letzten Augenblick davon abhalten konnte, laut aufzuschreien.

»Bist du verrückt geworden?«, blaffte ich ihn an und ließ mich dabei kurzerhand auf die Picknickdecke fallen, die er soeben ausgerollt hatte.

Zum Glück hatten unsere Großeltern einen guten Schlaf.

Henning lachte und legte sich neben mich. Gemeinsam sahen wir hinauf zum Sternenhimmel. Seine Hand suchte die meine, während die Schmetterlinge in meinem Bauch übermütig flatterten.

Bei Henning fühlte ich mich gut aufgehoben. Wir kannten uns schon lange. Zumindest so gut, wie man jemand kennen kann, der nur in den Sommerferien bei seiner Großmutter geparkt wurde, weil seine Eltern lieber ohne ihn auf einer Segeljacht in der Karibik vor sich hin schipperten.

Manchmal fragte ich mich, warum unsere Eltern überhaupt Kinder in die Welt gesetzt hatten, wenn sie offensichtlich kein allzu großes Interesse an uns hatten. Als ich damals mit meinen Eltern über meinen Umzug nach Föhr verhandelt hatte, schienen sie am Ende regelrecht erleichtert zu sein, dass sie die Verantwortung für mich in andere Hände abgeben konnten. Meine Mutter reiste postwendend zu irgendeinem Guru nach Indien, um dort die Erleuchtung zu finden. Mein Vater war wesentlich pragmatischer an die Materie herangegangen und hatte kurzerhand den Grund für das Ende seiner Ehe gebeten, bei ihm einzuziehen. Wenige Wochen später war Nicole von ihm schwanger gewesen. Mittlerweile erwarteten die beiden ihr drittes Kind. Da war kein Platz mehr für mich. Ich wurde ersetzt.

»Das da oben ist übrigens der Kleine Wagen.«

Henning fuhr mit seinem Finger einzelne Sterne am Nachthimmel ab.

Mit fest zusammengekniffenen Augen versuchte ich seiner in die Luft gezeichneten Spur zu folgen.

»Da?«, fragte ich und zeigte ebenfalls mit meinem Finger in die Dunkelheit.

»Nein, da.«

Henning griff beherzt nach meinem Finger. Seine Berührung fühlte sich noch immer neu und ungewohnt an. Augenblicklich hatte ich wieder dieses Gefühl tief in mir, das sich so herrlich anfühlte. Ganz so, als wäre ich schwerelos und könnte überallhin schweben. Egal wohin.

»Nur noch drei Tage«, flüsterte ich, als mir wieder einfiel, dass Henning zurück nach Hannover in die Schule musste.

»In den Herbstferien komm ich wieder. Das verspreche ich dir. Meine Eltern sind eh froh, wenn sie ihre Ruhe haben. Und Oma Käthe ist ganz okay. Zumindest stresst sie mich nicht mit der Schule und lässt mir einen Hauch Privatsphäre. Etwas, was meine Eltern überhaupt nicht kennen, wenn es um mich geht.«

Wie eine Ertrinkende klammerte ich mich an die Vorstellung, Henning schon bald wiederzusehen. Verträumt legte ich meinen Kopf auf seine Schulter und schloss die Augen, während ich über all die schönen Momente nachdachte, die wir in diesem Sommer gemeinsam erlebt hatten.

Wir waren wie die kleinen Kinder durchs Watt gerannt, hatten im Meer gebadet und waren mit den Rädern über die Insel gefahren. Nie zuvor war mir Föhr so wundervoll und einzigartig vorgekommen.

Alles würde gut werden. Wir würden es schaffen. Was sollte uns schon daran hindern, glücklich zu werden? Schließlich lag unser Schicksal in unseren Händen.

Kapitel 1

Mit wirklich allem hatte ich gerechnet, nur nicht mit der Tatsache, dass mein Chef meinen Arbeitsvertrag nicht verlängern würde, weil ich heiraten wollte.

Völlig mit den Nerven am Ende ging ich in mein Büro und öffnete die unterste Schublade, in der meine eiserne Notration Zigaretten lag. Als meine Finger sich um die Schachtel schlangen, bemühte ich mich, nicht daran zu denken, dass es Monate her war, seit ich das letzte Mal darauf zugreifen musste.

»Ich bin kurz vor der Tür eine rauchen«, erklärte ich Saskia, meiner Kollegin.

Wir beide teilten nicht nur das Büro miteinander, sondern auch viel Privates. So wusste Saskia mittlerweile in Gänze darüber Bescheid, dass meine Mutter mich in den Wahnsinn treiben würde, sollte sie mich auch nur noch ein einziges Mal zu überzeugen versuchen, doch Hochzeitskleid mit Spitze zu nehmen.

»So schlimm?«, fragte sie mich besorgt.

»Schlimmer«, erklärte ich.

»Professor Heidemann?«, hakte sie nach.

Ich nickte.

»Er will meinen Vertrag nicht verlängern. Jetzt, da ich heirate, werde ich ja schließlich auch bald Kinder bekommen. Er möchte die Stelle lieber jemandem geben, mit dem er längerfristig planen kann«, platzte es aus mir heraus. Eigentlich wollte ich das Thema erst einmal mit mir ausmachen. Zu frisch waren die Eindrücke der vergangenen Minuten. Wie ein schlechter Traum kam mir das alles vor. Wenn ich doch nur schlafen würde …

»Das geht nicht. Er kann dir den Vertrag nicht nicht verlängern, nur weil er denkt, du könntest in absehbarer Zeit schwanger werden«, erwiderte Saskia, die ein unnatürlich hohes Vertrauen in unseren Rechtsstaat besaß.

Der jüngste Fall eines Augsburger Comedians, dem man auf die Schliche gekommen war, Steuergelder zu hinterziehen, mochte ihr diesbezüglich recht geben. Dass der Typ das allerdings Jahre, wenn nicht sogar Jahrzehnte gemacht hatte, ohne aufzufliegen, wollte ich ihr dabei nicht unter die Nase reiben.

Es war gut, wenn man etwas hatte, woran man glauben konnte. So wie ich an Kais Liebe.

Schon in wenigen Wochen würden wir heiraten und danach zwei unbeschreiblich glückliche Wochen auf den Seychellen verbringen. Auf einer Strichliste zählte ich bereits die Tage. Auch mein Smartphone erinnerte mich täglich daran, dass Kai und ich schon bald das Münchner »Mia san Mia«-Gefühl hinter uns lassen und der Sonne entgegenfliegen würden. Das war das Einzige, was zählte: Kais Liebe.

»Professor Heidemann wird auch so Mittel und Wege finden, um mich loszuwerden.«

Vor knapp zwei Jahren hatte ich nach langem Hoffen und Bangen meine Stelle als wissenschaftliche Mitarbeiterin an der Ludwig-Maximilians-Universität im Fachbereich Ethnologie endlich antreten dürfen. Damals war es mein größter Traum gewesen, an der Uni arbeiten zu dürfen. Ich liebte die Abwechslung zwischen den Kursen mit den Studenten und den Stunden, in denen ich an meiner Forschung arbeiten konnte.

Meine Studien zur Beziehung zwischen Menschen und Pflanzen waren fast beendet. Besonders spannend war das Verhältnis des Menschen zur Brennnessel, die in Arzneien durchaus großen Nutzen bringen konnte, gleichzeitig aber als Unkraut betrachtet wurde. Professor Heidemann hatte mein Dissertationsthema gefördert und mir so manches Mal Mut zugesprochen, wenn ich mit mir haderte und alles hinwerfen wollte.

Nun wegen meiner Heirat von ihm zur Persona non grata ernannt zu werden, schmerzte mich doppelt. Gerade weil ich in ihm eine väterliche Figur gesehen hatte, die mir seit der Scheidung meiner Eltern abhandengekommen war.

Mein Vater hatte nur Platz für die drei Kinder von seiner zweiten Frau. Und meine Mutter hatte sich erst wieder für mich interessiert, als ich ihr erzählte, bald heiraten zu wollen. Wie eine Hyäne hatte sie sich auf die Aufgabe gestürzt, um mir bei den Hochzeitsvorbereitungen zu helfen. Das alles war so schnell passiert, dass ich gar nicht in der Lage dazu war, mich gegen ihr plötzliches Interesse an mir und meinem Leben zur Wehr zu setzen. Den Konditor und die Musiker für Kai und mich hatte sie bereits ausgesucht. Nur was mein Hochzeitskleid anbelangte, war ich eisern geblieben. Mal sehen, wie lange ich mich behaupten konnte.

»Soll ich mit rausgehen?«

Saskia sah bedröppelter aus, als ich mich fühlte. Und das sollte was heißen. Denn noch in Professor Heidemanns Zimmer war ich felsenfest davon ausgegangen, jeden Moment einfach umzukippen. So sehr hatten mich seine Worte getroffen.

»Bleib besser hier. Falls der Professor kommt und nach dem Rechten sieht.«

Saskia verstand, dass ich allein sein wollte. Denn der Professor verirrte sich für gewöhnlich höchst selten zu uns ins Büro. Da musste schon jemand Geburtstag und einen Kuchen mitgebracht haben. Ansonsten verbarrikadierte er sich in seinem Zimmer und bereitete sich auf die Vorlesungen vor oder widmete sich seinen eigenen Studien.

Kaum dass ich unten vor der Tür angekommen war und die Frühlingssonne mich mit ihren zaghaften Strahlen an der Nasenspitze kitzelte, klingelte mein Handy in der Manteltasche.

Als ich es herauszog, erkannte ich im Display das fröhliche Lachen meiner Mutter. Seit sie für fast zwei Jahre in Indien gelebt hatte, war es ihr zur Gewohnheit geworden, in den buntesten Farben herumzuspazieren. Auf dem Bild trug sie ein orangefarbenes Tuch im Haar, eine knallgelbe Bluse und einen lilafarbenen Schal, den sie sich locker um den Hals gewickelt hatte. An den Ohren prangten große goldene Kreolen. Jeder Fetzen Stoff an ihr zeugte von der Erleuchtung, die sie zumindest in der Auswahl ihrer Kleider widerzuspiegeln versuchte.

Anstatt mich dem Gespräch zu stellen, drückte ich sie weg und zog aus der anderen Manteltasche meine Lucky Strikes. Beinahe andächtig öffnete ich die Schachtel, während ich daran dachte, wie ich mir erst vor wenigen Tagen vorgenommen hatte, sie wegzuschmeißen.

Kai und ich hatten ernsthaft in Erwägung gezogen, nach der Hochzeit die Pille abzusetzen. Spätestens ab dann wollte ich ein gesünderes Leben führen, was so viel bedeutete, dass ich nicht mehr rauchen und so viel Zucker zu mir nehmen wollte. Beides für sich konnte einen umbringen. Und ich wollte leben.

Mit Kai in einer Familie, die ich seit meiner Kindheit nicht mehr hatte.

Als meine Eltern sich vor fast achtzehn Jahren scheiden ließen, war mein Opa Paul auf Föhr mein einziger Halt im Leben gewesen. Er hatte mich aufgenommen, sich so gut es ging um mich gekümmert und mich meine eigenen Erfahrungen machen lassen. Von den meisten wusste er nichts. Und das war auch besser so.

Wann war ich nur das letzte Mal auf der Insel gewesen? Es musste schon mindestens drei Jahre her sein, seit ich mit Kai zu Opa Paul gefahren war, um die beiden einander vorzustellen. Schon auf den ersten Blick konnte ich erkennen, dass Opa Paul Kai für einen eingebildeten Schnösel aus dem Süden hielt. Und Kai konnte mit der Tatsache, dass mein Großvater nur wenig redete, wenn er nicht wollte, nicht besonders gut umgehen. Da die beiden sich also offensichtlich nicht sonderlich leiden konnten, hatte ich von einem weiteren Urlaub in Opas Kapitänshaus in Nieblum abgesehen.

Während ich so meinen Gedanken nachhing, vibrierte mein Telefon abermals.

Anstatt das Gespräch anzunehmen, drückte ich es wieder weg und zündete mir meine Zigarette an. Ich nahm den ersten Zug und hoffte auf die beruhigende Wirkung, als meine Mutter zum dritten Mal anrief. Nun hatte ich die Faxen aber dicke.

»Hallo, Mama! Was gibt es? Ich arbeite!«, schmetterte ich ihr ungehalten entgegen.

»Was sind das denn für miese Schwingungen, die da aus deiner Richtung kommen? Sag bloß nicht, du weißt es schon.«

Meine Mutter hatte eine untrügliche Art, Dinge anzusprechen, die ihr missfielen. Im Gegensatz zu den meisten anderen Menschen, die ich kannte, machte sie keinen Hehl daraus, was sie fühlte oder dachte, und ließ jeden gefragt oder ungefragt an ihrem Empfinden teilhaben.

Wie viele ihrer Mitmenschen sie sich dadurch bereits zum Feind gemacht hatte, konnte ich nicht mit Gewissheit sagen. Eins stand jedoch außer Frage: Mich trieb sie mit dieser Art noch an den Rand des Wahnsinns. Einen Schritt noch und ich …

»Meike? Bist du noch dran? Meike? Ich kann dich gar nicht hören. Meike?«

Bevor ich etwas erwiderte, atmete ich ein paarmal tief ein und wieder aus, um meinen Puls ein wenig zu beruhigen. Was war das heute nur für ein Tag? Augenscheinlich war ich mit dem falschen Fuß aufgestanden. Oder aber ich hatte zu viele miese Karmapunkte gesammelt, weil ich gestern an der U-Bahn-Station *Marienplatz* der Frau mit dem Rollator nicht beim Einsteigen geholfen hatte. Dabei hatte ich noch mit mir gehadert, ob ich sie fragen sollte. Gleichzeitig wollte ich ihr allerdings nicht das Gefühl geben, nicht allein klarzukommen. Erst als sich die Türen bereits schlossen und die Bahn ihre Fahrt aufnahm, wusste ich, dass ich die falsche Entscheidung getroffen hatte. Denn die Frau und ihr Rollator waren nirgends zu sehen gewesen.

»Ich bin noch dran. Was gibt es denn so Dringendes?«

Der letzte Mensch, mit dem ich gerade reden wollte, war meine Mutter. Allerdings wusste ich ganz genau, wie nachtragend sie sein konnte, wenn man einen Anruf von ihr nicht annahm oder sich nicht zumindest zeitnah zurückmeldete. Erst vor zwei Wochen hatte ich es gewagt, mein Handy auszustellen, da ich mit Kai in der Therme in Erding gewesen war. Das fand sie gar nicht witzig. Aber wenn ich da etwas über negative Schwingungen gesagt hätte, wäre ich sicher einen Kopf kürzer gemacht worden. Mindestens.

»Sitzt du?«

Themen, die so eingeleitet werden mussten, verhießen nichts Gutes.

Das hatte mir gerade noch gefehlt.

»Ja«, log ich, weil ich die Angelegenheit schnellstmöglich hinter mich bringen wollte.

Vermutlich ging es ohnehin wieder um einen Dienstleister, den meine Mutter für die Hochzeit engagieren wollte und von dem sie eine Abfuhr kassiert hatte. Ihre ausufernden Ideen und ihre direkte Art führten oftmals dazu, dass die sich schon nach wenigen Sätzen von ihr mit den Worten verabschiedeten, man könne im Moment keine weiteren Aufträge annehmen.

»Das, was ich dir jetzt sagen werde, trifft mich bis ins Mark. Wenn man bedenkt, wie viel Zeit und Energie ich in eure Hochzeit gesteckt habe, fühlt es sich an wie ein Faustschlag. Du weißt schon, einer von der Sorte, bei der man wie ein Baum umfällt und minutenlang leblos am Boden liegen bleibt.«

Meine Mutter hatte schon immer eine rege Fantasie gehabt.

»Ich muss weiterarbeiten«, behauptete ich und hoffte, dadurch einen gewissen Druck auf meine Mutter auszuüben, damit sie sagte, was sie zu sagen hatte, und mich dann wieder in Ruhe ließ.

»Sagt dir der Begriff *Honigfalle* etwas?«

Ohne weiter um den heißen Brei herumzureden, kam sie nun unmittelbar auf den Punkt.

Worum es sich genau bei einer Honigfalle handelte, wusste ich nicht so recht. Außerdem fehlte mir der Wille, mich mit dem Thema auseinanderzusetzen. Meine Mutter kam ständig mit irgendwelchen neuen spirituell angehauchten Ansätzen, die sie mit mir teilen wollte. Vermutlich stammte der Begriff aus dem Hinduismus oder vom Dalai Lama höchstpersönlich. Beides war mir im Moment ziemlich schnuppe.

»Mama, es tut mir leid, aber ich habe keine Zeit für Ratespiele. Ich rufe dich heute Abend nach der Arbeit zurück. Ich muss jetzt …«

»Kai ist in eine Honigfalle getappt. Das bedeutet, dass er ertappt wurde, als er fremdgehen wollte.«

»Was?« Fassungslos stierte ich auf das Unkraut zu meinen Füßen, das sich zwischen den beiden Pflastersteinen, auf denen ich stand, hindurchzwängte. Wie beharrlich Unkraut doch war.

»Ich habe Bilder und ein Video.«

Meine Mutter klang wie ein Mafioso, der mir heiße Ware andrehen wollte.

»Was? Ich meine, woher … woher weißt du das? Und bist du dir ganz sicher, dass es sich bei dem Mann um Kai handelt? Wann soll das denn gewesen sein?«

Ähnlich wie die Fragen, die aus meinem Mund sprudelten, überschlugen sich die Gedanken in meinem Kopf. Was hatte sie da gerade gesagt? Kai war dabei beobachtet worden, wie er mich betrügen wollte? Das war doch total verrückt. Kai und ich waren glücklich miteinander. Wir würden in wenigen Wochen heiraten und planten sogar schon eine Familie. Er hatte nach Einfamilienhäusern am Stadtrand Ausschau gehalten. Seit Monaten erzählte er mir davon, wie schwierig sich die Sache gestaltete, aber er blieb zuversichtlich.

Meine Hand zitterte so heftig, dass mir die Zigarette auf den Boden fiel. Ich trat darauf, um sie zu löschen, und mit dem festen Vorsatz, sie nach dem Telefonat mit meiner Mutter in den Mülleimer zu werfen.

»Gestern Abend um zweiundzwanzig Uhr vierzehn in Schwabing.«

Die Sachlichkeit in ihrer Stimme ließ mich erschrocken zusammenzucken.

»Gestern?«, hakte ich nach und versuchte mich an den gestrigen Abend zu erinnern.

Kai war erst um neunzehn Uhr nach Hause gekommen. Wir hatten zusammen gekocht und … gegen einundzwanzig Uhr hatte Ansgar angerufen. Er wollte sich noch auf ein Bier mit ihm treffen. Kai hatte gezögert. Erst als ich ihn ermutigt hatte, willigte er schließlich ein.

Was aber, wenn er gar nicht mit Ansgar telefoniert hatte?

»Was sind das für Aufnahmen, die du hast? Und wie kommst ausgerechnet du daran?«

Noch immer wollte der Groschen bei mir nicht so recht fallen. Zu abwegig erschien mir die Situation.

Meine Mutter seufzte am anderen Ende der Leitung.

»Es ist mir nicht leichtgefallen, aber ich musste meinen Verdacht erhärten.«

Aus ihrer Stimme war ehrliches Bedauern herauszuhören, was mich umso mehr vom Schlimmsten ausgehen ließ.

Vergeblich schluckte ich gegen den Kloß in meinem Hals an, der mich zu ersticken drohte.

»Wie? Ich verstehe nicht.«

Was für ein Verdacht? Und wie hatte sie ihn erhärten wollen?

Abermals war ein Seufzen zu hören.

»Kai ist ein attraktiver Mann. Und er ist sich dieser Tatsache bewusst. Ich habe ihn schon das ein oder andere

Mal mit einer Frau flirten sehen. Meistens warst du sogar dabei. Wie auch immer, jetzt, da ihr vorhabt zu heiraten, musste ich ihn testen. Dich sollte nicht das gleiche Schicksal ereilen wie mich.«

Gleiches Schicksal? Was meinte sie mit *testen lassen*? Und wie zum Henker hatte sie das bewerkstelligt?

Ohne dass ich nachhaken musste, fuhr sie schließlich fort.

»Bei einer Honigfalle handelt es sich um eine fingierte Situation. In Kais Fall hat sich eine Frau mit langen Beinen, blonden Haaren und blauen Augen auf die Lauer gelegt, um ihn in die Falle zu locken. Was ihr, den Bildern nach zu urteilen, ausgesprochen gut gelungen ist.«

»Du hast eine Nutte auf meinen Verlobten angesetzt?«

Die plötzliche Wut, die in mir hochkochte, schäumte beinahe über. Mit wild pochendem Herzen stand ich da und verfluchte den Tag, an dem ich meiner Mutter von meinen Absichten berichtet hatte, zu heiraten.

»Es sind immer die Überbringer von schlechten Nachrichten, die für diese Nachrichten verantwortlich gemacht werden.« Sie seufzte theatralisch, um ihre Worte zu untermalen. »Außerdem handelt es sich bei der Frau um keine Nutte. Sie hat Kai lediglich getestet. Und wenn sie die Situation nicht vorzeitig beendet hätte, wäre es mit an Sicherheit grenzender Wahrscheinlichkeit zum Äußersten gekommen.«

Zum Äußersten also.

Mir schwirrte der Kopf.

Der Caterer, die Location, der Trauredner, die Kutsche – all diese Dinge zählte ich in Gedanken auf, als wären sie stille Zeugen dessen, was Kai und ich uns versprochen hatten. Es konnte einfach nicht sein, was meine Mutter da behauptete. Kai war mir treu. Ganz sicher sogar.

Klar waren wir in den letzten Wochen beide sehr angespannt gewesen. Die bevorstehende Hochzeit war auch ein Kraftakt. Ganz besonders, weil meine Mutter seitdem sehr viel Raum in unserem Leben einnahm und auch schon mal unangekündigt vor der Tür stand. Aber wir waren uns der Herausforderung bewusst und beide sicher, dass wir uns ihr stellen wollten. Zumindest war ich der Meinung, dass wir das wären.

Kai war in den letzten Wochen nicht selten aus gewesen. Er hatte sich mit alten Studienkollegen, Geschäftspartnern und Arbeitskollegen getroffen, war essen gegangen oder was trinken. Mir hatte er erklärt, dass ich mich nur langweilen würde, wenn ich mitkäme. Also wollte er mich erst gar nicht darum bitten. Was aber, wenn er mich in Wirklichkeit nicht dabeihaben wollte, weil er sich mit jemand ganz anderem traf?

»Wir sollten das Beste aus der Sache machen und froh sein, dass nichts weiter passiert ist. Stell dir vor, du wärst schon schwanger. Das wäre tatsächlich … Du bist doch nicht schwanger. Oder?«

»Nein, ich bin nicht schwanger«, erwiderte ich eine Spur zu schrill.

»Das ist gut. Kinder … verkomplizieren das alles nur unnötig.«

So dachte meine Mutter also darüber. Ob sie damals bei ihrer Scheidung von meinem Vater auch diese Gedanken hatte? Mal wieder wurde ich mir der Tatsache bewusst, dass ich nichts als eine Last für sie war. Vielleicht hatte sie deshalb nicht schnell genug das Land verlassen und zigtausend Kilometer zwischen uns bringen können.

Es fiel mir nicht ganz leicht, diese Gedanken beiseite zu wischen. Hätte ich einen Therapeuten, zu dem ich gehen würde, um meine verkorkste Kindheit aufzuarbeiten, würde ich dieses Thema spätestens in unserer nächsten Sitzung ansprechen. Aber ich hatte keinen Therapeuten und auch keine Lust, mich länger als nötig mit meiner Mutter und ihren Befindlichkeiten zu beschäftigen.

Wichtig war jetzt nur, mit Kai zu sprechen und das Problem, das wir offenbar hatten, aus der Welt zu schaffen. Ich war mir ganz sicher, dass uns das gelingen würde. Schließlich liebten wir uns doch.

»Ich muss jetzt leider los. Die Bilder und das Video habe ich dir bereits per E-Mail geschickt. Nicht, dass du glaubst, ich hätte mir das am Ende alles nur ausgedacht, weil ich Kai nicht leiden könnte. Ich kümmere mich um die Absagen, das ist selbstverständlich. Mach's gut, meine Meike. Halt die Ohren steif und denk immer daran: Wenn sich das Blatt wendet, such dir ein anderes. So oder so ähnlich. Ich muss jetzt aber wirklich. Bis bald.«

Tut, tut, tut.

Die Kippe auf dem Boden lag da wie ein Mahnmal. Als ich die Zigarettenschachtel vor wenigen Minuten aus der Schublade meines Schreibtisches gezogen hatte, war ich noch davon ausgegangen, mein größtes Problem wäre die Tatsache, dass mein Vertrag an der Uni nicht verlängert worden war.

Nun lag nicht nur meine berufliche Zukunft, sondern auch meine private wie die Kippe auf dem Boden plattgedrückt und wenig hoffnungsvoll vor mir.

Mit zittrigen Fingern tippte ich auf das Briefsymbol, das soeben im Display meines Smartphones aufgeleuchtet war. Mit angehaltenem Atem öffnete ich auf einen der beiden Anhänge.

Auch wenn ich mir vorgemacht hatte, auf das, was ich zu sehen bekam, vorbereitet zu sein, traf es mich doch wie ein Schlag ins Gesicht. Kai, mein Verlobter und der Mann, den ich in wenigen Wochen heiraten wollte, küsste eine fremde Frau und war obendrein bis auf die Boxershorts entkleidet.

Das Bild traf mich bis ins Mark. Ohne das Video anzusehen, schloss ich das Programm und steckte mein Handy zurück in die Manteltasche. Meine andere Hand krallte sich um die Zigarettenschachtel, wie um daran Halt zu finden. Doch der Appetit darauf war mir gänzlich vergangen.

Mechanisch griff ich nach der zerquetschten Kippe am Boden, während in mir ein Plan reifte: Ich musste mit Kai sprechen. Und das am besten sofort.

Kapitel 2

Neun Stunden dauerte eine Fahrt mit dem Zug vom Münchner Hauptbahnhof in das beschauliche Dagebüll an der Nordseeküste in Schleswig-Holstein. Neun Stunden, in denen ich viel zu viel Zeit hatte, um mir Gedanken über all das im Leben zu machen, was gerade schieflief.

Was nicht besonders wenig war.

Weder das Buch, das ich mir am Bahnhof gekauft hatte, um während meiner Zeit im Zug und an Bord der Fähre zu lesen, konnte mich ablenken, noch die Musik auf meinem Smartphone, die ich mir in einer Playlist zusammengestellt hatte. Auch das Internet schien seinen Reiz verloren zu haben, wenn es denn mal funktionierte.

Erwartungsvoll sah ich durchs Fenster nach draußen, wo Landschaften, Häuser, Bäume und Wälder in einer solchen Geschwindigkeit an mir vorbeizogen, dass mir der Kopf schwirrte.

Meine Gedanken verselbstständigten sich und flogen zu dem Tag zurück, an dem ich Kai mit der bitteren Wahrheit aus meinem E-Mail-Postfach konfrontiert hatte. Mit zuckenden Schultern hatte er vor mir gestanden, hatte sein Pokerface aufgesetzt und mir offenbart, dass ihm die baldige Hochzeit Angst bereitete. Er wusste plötzlich nicht mehr, ob es die richtige Entscheidung war, mir einen Antrag zu machen. Eine Tatsache, die mich noch viel mehr traf als der vermeintliche Betrug.

Also hatte ich meinen Koffer genommen und alles hineingeworfen, was mir wichtig erschien. Als ich unsere gemeinsame Wohnung in der Maxvorstadt verließ, machte Kai keine Anstalten, mich davon abzuhalten. Ganz im Gegenteil, er schien über meinen Auszug sogar erleichtert zu sein.

Und da stand ich nun: Job weg, Verlobter weg, Wohnung weg. Mein persönliches Armageddon klingelte so plötzlich an meiner Tür, dass es mir nicht mal ansatzweise möglich war, mich auf die Situation vorzubereiten.

Und jetzt blickte ich auf das Haus, in dem wir die letzten drei Jahre zusammengelebt hatten, und wusste nicht so recht, wo ich hingehen sollte.

Zu meiner Mutter wollte ich auf gar keinen Fall, dabei wohnte sie nur drei Straßen weiter. Mein Vater hatte mir zuletzt vor drei Jahren zu Weihnachten geschrieben. Wir telefonierten unregelmäßig. Wenn wir es dann doch taten, kam er nach der Frage, wie es mir denn ginge, immer auf seine Kinder aus zweiter Ehe zu sprechen. Das war also auch keine Option. Fritzy und Leni, meine besten Freundinnen, wohnten noch in einer WG. Dort war kein Platz für mich, auch wenn die beiden das genaue Gegenteil behauptet hätten. Aber der Trubel, der dort herrschte, war so ziemlich das Letzte, was ich jetzt gebrauchen konnte.

Fieberhaft überlegte ich, wo ich die Nacht verbringen sollte. Schon bereute ich es, meinen Koffer gepackt und das Feld geräumt zu haben. Schließlich hätte auch Kai gehen können. Wir standen nämlich beide im Mietvertrag. Aber ich wollte mir nicht die Blöße geben und zurückgehen. Nicht zu dem Mann, der nicht mehr wusste, ob er mich und unsere gemeinsame Zukunft überhaupt noch wollte.

Was ich wollte, war, schnellstmöglich so weit von München wegzukommen, wie es nur ging. Nichts hielt mich mehr hier. Ich hatte weder einen Job noch eine Wohnung noch einen liebenden Mann, der auf mich wartete. Ich hatte nur einen Koffer voller Belanglosigkeiten und ein Herz, das so schwer war, dass ich das Gefühl hatte, daran zu zerbrechen.

Letztlich hatte ich die Nacht in einem Hotel verbracht und ging gleich am nächsten Morgen zum Bahnhof, um mit dem Zug an die Nordsee zu Opa Paul zu fahren.

Während ich weiter zum Fenster hinaussah, machte sich das schlechte Gewissen in mir breit. Viel zu lange hatte ich mich nicht mehr bei meinem Großvater gemeldet. Auch die letzte Reise nach Föhr lag eine Ewigkeit zurück. Ob er sich wohl freuen würde, mich zu sehen?

Oder wäre es besser gewesen, vorab Bescheid zu geben oder gleich woandershin zu gehen? Nur wohin? Mit meinen Halbgeschwistern hatte ich nichts am Hut. Das hatte mein Vater immer strikt voneinander getrennt, als wollte er nicht, dass wir was miteinander zu tun hatten. Viel mehr Verwandtschaft besaß ich nicht, zu der ich hätte flüchten können. Die Freunde aus meiner Schul- und

Studienzeit waren bis auf Fritzy und Leni über den halben Erdball verstreut. Außerdem war die Freundschaft zu ihnen meist eher lose. Mit vielen hatte ich seit dem Ende des Studiums kein Wort mehr gewechselt. Ich war nicht besonders gut darin, Beziehungen aufrechtzuerhalten, die auf Distanz ausgelegt waren.

Opa Pauls altes Kapitänshaus in Nieblum auf Föhr war also der einzige Zufluchtsort, den ich ansteuern konnte. Ein Hotel konnte ich mir schlichtweg nicht leisten und auch eine Jugendherberge war auf Dauer zu teuer. Da ich im Moment nicht mal wusste, wie der nächste Tag aussah, konnte ich solche weitreichenden Entscheidungen nicht treffen. Und ich wollte es auch nicht.

Mein Leben stand gerade kopf. Alles hatte sich vom einen auf den anderen Tag verändert. Ich war mir nicht mal sicher, ob ich selbst noch die Alte war.

Mit rauschender Geschwindigkeit setzte der Zug seine Reise fort. In wenigen Minuten würde ich ein Ziel erreichen, das ich mir nicht selbst gesteckt hatte, sondern das aus meiner Notlage heraus geboren war.

Was Opa Paul wohl sagen würde, wenn er mich sah? Es stand nicht zu befürchten, dass er nicht da war. Mein Großvater hatte die Insel, auf der er geboren worden war, nicht sonderlich oft verlassen. Er war Insulaner durch und durch und liebte die friesische Gemütlichkeit und das Leben abseits jedweden Trubels.

Früher hatte er seinen Lebensunterhalt als Schreinermeister verdient. Es war nicht nötig gewesen, dass er Föhr den Rücken kehrte. Ganz im Gegenteil. Während ich bei ihm gewohnt hatte, waren seine Auftragsbücher stets so voll gewesen, dass er zeitweise gar nicht wusste, wie er alles abarbeiten sollte. Und auch als er sich bereits zur Ruhe gesetzt hatte, erledigte er die ein oder andere Auftragsarbeit nebenbei. Gute Nachbarn halfen sich schließlich untereinander. Und Föhr war so klein, dass alle Einwohner irgendwie Nachbarn waren. Zumindest diejenigen, deren Familien schon lange auf der Insel lebten und ein Teil der Gemeinschaft waren.

Das Smartphone in meiner Hand vibrierte. Erschrocken fuhr mein Blick auf das Display. Als ich sah, dass es weder meine Mutter noch Kai waren, die mich anriefen, nahm ich das Gespräch an.

»Hey, Leni«, begrüßte ich eine meiner ältesten Freundinnen.

Wir beide hatten uns an unserem ersten Tag auf dem Campus kennengelernt, als ich mit einem Stapel Bücher unterm Arm versucht hatte, den richtigen Hörsaal zu finden, und dabei an einer schweren Eichentür gescheitert war. Leni war die Einzige, die sich die Zeit genommen hatte, mir half, die zu Boden gefallenen Bücher aufzusammeln.

»Bist du schon im Zug?«

Leni und Fritzy wussten natürlich Bescheid über das Chaos, das gerade in meinem Leben herrschte. Wenn ich die beiden nicht hätte, wäre ich vermutlich noch verrückt geworden.

»Ja, ich bin gleich in Dagebüll. Von dort aus nehme ich dann die Fähre. Ich werde gegen neunzehn Uhr auf der Insel ankommen.«

»Hast du alles, was du brauchst? Wenn irgendwas sein sollte, melde dich. Hörst du? Ich kann jederzeit den nächsten Zug nehmen und zu dir kommen.«

Leni hatte im dritten Semester Psychologie alles hingeworfen und noch mal ganz von Neuem angefangen. Sie machte eine Ausbildung zur Konditorin und später sogar ihren Meister. Wenn man nach München reiste, kam man an Lenis Köstlichkeiten nur schwerlich vorbei. Ihr kleines Café unweit des Viktualienmarkts war eine der Locations, die in jedem Reiseführer standen. Meine Freundin hatte es auch ganz ohne Studium geschafft, erfolgreich zu sein. Und dabei war sie nach wie vor sehr bodenständig geblieben, lebte in einer WG und spendete einen Großteil ihrer Einnahmen an die Tafel.

»Das ist sehr lieb von dir, Leni. Aber ich weiß doch, wie viel du in deinem Café zu tun hast.«

»Alles nicht so wichtig. Außerdem habe ich mit Rico und Ronja die besten Aushilfen, die man sich nur wünschen kann. Die könnten den Laden auch ein paar Tage allein führen. Zumindest dann, wenn mein Papa in der Backstube zaubert.«

Wir waren uns beide im Klaren darüber, dass ihre studentischen Hilfskräfte nicht unbedingt so flexibel waren, wie Leni sie hinstellte. Außerdem war ihr Vater mehr als froh darüber, endlich sein Rentnerleben genießen zu können. Auch wenn er seiner Tochter nie etwas abschlagen würde. Doch ich wollte ihr nicht absprechen, alles tun zu wollen, um für mich da zu sein. Denn das war durch und durch ehrlich von ihr gemeint. Das wusste ich ganz genau.

»Opa Paul wird aus allen Wolken fallen, wenn ich plötzlich vor seiner Tür stehe«, gab ich zu bedenken.

»Dann weiß er gar nicht, dass du kommst?«

Ich schüttelte den Kopf, auch wenn ich mir der Tatsache bewusst war, dass Leni mich nicht sehen konnte.

»Es soll eine Überraschung sein.«

Das war nicht ganz die Wahrheit. Vielmehr lag es daran, dass ich mir nicht sicher war, wie er auf meinen Anruf reagiert hätte. Und das, obwohl er sich um mich gekümmert hatte, während meine Eltern vorzogen, ihr eigenes Leben zu leben.

»Wenn du Fritzy oder mich brauchst, melde dich. Egal, wo du bist. Fritzy lässt dich übrigens schön grüßen.«

Fritzy war Stewardess und wurde meist auf Langstreckenflügen eingesetzt. Mit ihren rabenschwarzen Haaren und den leuchtend blauen Augen war sie ein echter Hingucker. Kein Wunder, dass ihr bereits mehrere Scheiche, der ein oder andere Millionär und sogar ein namhafter amerikanischer Schauspieler auf einem ihrer Einsätze einen Antrag gemacht hatten. Leni und ich hatten sie in einem Club kennengelernt, als uns zwei Kerle zu sehr bedrängten. Sie hatte ein Machtwort gesprochen und dafür gesorgt, dass die beiden schneller verschwanden, als wir bis drei zählen konnten. Seither waren wir ein unschlagbares Dreiergespann, das viel Zeit miteinander verbrachte und jeden Kummer gemeinsam bekämpfte. Wir waren immer füreinander da gewesen. Ganz egal, mit welchen Schicksalsschlägen uns das Leben prüfte. Erst als ich Kai kennenlernte, trafen wir uns seltener. Aber Fritzy und Leni zeigten dafür Verständnis.

Dennoch bereute ich es nun, Kai das ein oder andere Mal ihnen vorgezogen zu haben. Wenn man bedachte, wie dieser Idiot mich hintergangen hatte und nicht mal den Mut gehabt hatte, vorher unsere Beziehung zu beenden … Das Schlimmste an der ganzen Situation war die Tatsache, dass er sich als das Opfer sah. *Ihm* wäre alles zu viel geworden. *Er* habe nicht gewusst, ob er das alles noch wollte. Hallo? Was war denn mit mir? Und wieso hatte er Trost bei anderen Frauen gesucht, anstatt mit mir darüber zu reden? Wir waren doch immer ein gutes Team gewesen.

»Sag Fritzy auch liebe Grüße. Sobald ich weiß, wie es weitergehen soll, melde ich mich.«

Das war ein wunder Punkt, und es kostete mich einiges an Überwindung, darüber nachzudenken. Schließlich wollte ich weder einen neuen Job noch ein neues Leben. Bis vor wenigen Tagen hatte ich geglaubt, es könnte nicht besser für mich laufen. Und nun war ich auf dem harten Boden der Realität angelangt, ohne zu wissen, wie ich von dort wieder wegkam.

Kapitel 3

Nachdem Leni und ich das Gespräch beendet hatten, war es auch schon an der Zeit, meine Sachen zusammenzupacken und mich auf den baldigen Ausstieg vorzubereiten. Mein Smartphone stopfte ich in die Tasche meines Frühlingsmantels.

Draußen schien die Sonne. Für Ende März war es bereits recht warm. Dennoch sollte es in den kommenden Tagen nicht wärmer als fünfzehn Grad werden. Zudem war auf der Insel Föhr mit starken Winden zu rechnen, die die gefühlte Temperatur noch viel niedriger erscheinen ließen.

Die Ansage eines Angestellten der Bahn dröhnte durch den Zug. Ich verstand nur die Hälfte, da sich die übrigen Reisenden aufgeregt unterhielten. Für die meisten von ihnen begann nun eine wunderschöne Urlaubszeit auf einer der angrenzenden Nordseeinseln. Nur ich würde in Niebüll in den Zug nach Dagebüll einsteigen und mich nicht auf eine ausgelassene Zeit auf meiner Heimatinsel freuen können.

Das erste Mal stiegen mir Tränen in die Augen. Es kostete mich einiges an Überwindung, sie hinunterzuschlucken und meinen Gefühlen keinen freien Lauf zu lassen. Nach und nach verinnerlichte ich, was diese Veränderungen bedeuteten.

Würde ich als Kulturwissenschaftlerin in München überhaupt einen anderen Job als an der Uni finden können? Was, wenn ich ein Stellenangebot in Hamburg fand? Ich kannte dort niemanden. Würde es mir gelingen, noch mal ganz von vorn zu beginnen? Und wollte ich das überhaupt?

Bei diesen Gedanken schnürte es mir zusehends die Kehle zu. Mechanisch griff ich nach meinem Koffer, schulterte den Rucksack und legte die Handtasche über die Schulter.

Die ausgelassene Stimmung in meinem Waggon übertrug sich leider nicht auf mich. Neben einer Familie mit zwei Kleinkindern waren vor allem Schüler der Mittelstufe an Bord, die offenbar ihre Klassenfahrt in Nordfriesland oder auf einer der angrenzenden Inseln der Nordsee verbringen wollten. Die Freude darüber, den kargen Schulräumen für eine gewisse Zeit entkommen zu sein, stand offen in ihren Gesichtern. Wer konnte es ihnen verdenken?

An der Haltestelle in Niebüll stiegen wir gemeinsam in den Zug in Richtung Dagebüll. Während die Reise mit dem Zug für die meisten der Gäste nicht schnell genug ein Ende nehmen konnte, wäre ich am liebsten umgekehrt und zurück nach München gefahren.

Seufzend ließ ich mich auf einen freien Sitz fallen, während der Zug anfuhr. Eine ältere Dame setzte sich neben mich und lächelte mich freundlich an.

»Sind Sie auch auf dem Weg nach Amrum?«, fragte sie verzückt.

Ich schüttelte den Kopf.

»Ich reise nach Föhr«, erklärte ich ihr und bemühte mich dabei um ein Lächeln.

Doch meine Mundwinkel wollten mir nicht recht gehorchen. Vielleicht waren sie sich jedoch auch dessen bewusst, dass diese Regung im krassen Widerspruch zu dem stand, wie es tief in mir aussah.

»Föhr«, erwiderte meine Sitznachbarin verträumt.

»Nach Föhr ging die Hochzeitsreise mit meinem Mann. Das war vor fünfundfünfzig Jahren. Eine halbe Ewigkeit ist das her. Und nun ist Dieter schon seit fünf Jahren tot. Gott hab ihn selig. Aber ich weiß, dass er immer bei mir ist.«

Bei diesen Worten griff sie nach dem Medaillon, das um ihren Hals baumelte, und hielt es ganz fest.

Es musste schön sein, auf ein langes glückliches gemeinsames Leben zurückblicken zu können. Worauf würde ich wohl zurückblicken, wenn ich mal so alt war wie sie? Würde es mir auch vergönnt sein, mich über meine Erinnerungen zu freuen? Oder würde ich verbittert auf das blicken, was hinter mir lag?

»Ich wollte Sie nicht bekümmern«, sagte sie plötzlich, und eine tiefen Furche stand auf ihrer Stirn, während sie mir ein Taschentuch reichte.

Erst als eine Träne an meinem Kinn abperlte, herunterfiel und den Stoff meiner hellen Hose dunkel färbte, wusste ich, was die alte Dame meinte.

»Es geht schon … Ich habe gerade nur keine besonders leichte Zeit. Es ist … Bestimmt wird es jetzt besser«, machte ich ihr und mir Mut.

Wobei ich mir nicht ganz sicher war, ob ich mit meinen Worten Recht behalten würde. Schließlich ließ mich nichts von alldem, was in den letzten Tagen passiert war, aufrichtig hoffen, die Zukunft würde gut werden.

»Dieter und ich hatten auch schwere Zeiten. Wir hatten nie das Glück, eigene Kinder zu bekommen. Seine Familie gab mir in all den Jahren die Schuld daran. Aber er hat immer zu mir gestanden und die anderen reden lassen. Wir haben uns aufrichtig geliebt und das alles um uns herum, so gut es eben ging, ausgeblendet. Das klappte mal besser, mal schlechter.«

Es war rührend von der Dame, mich mit ihrer Lebensgeschichte aufbauen zu wollen. Schließlich hatte sie keinen Grund dazu. Wir kannten uns nicht und unsere Wege würden sich schon in wenigen Minuten wieder trennen. Dennoch waren mir ihre Worte ein Trost. Es ging immer weiter.

Im Leben musste man sich ständig neuen Herausforderungen stellen. Kein Tag war wie der andere. Während man heute glaubte, alles im Griff zu haben, konnte schon morgen der Himmel über einem zusammenbrechen. Und so wie mir erging es tagtäglich unzähligen Menschen auf diesem Planeten.

»Der meiste Kummer, den man im Leben empfindet, ist nicht so groß, wie man ihn im ersten Moment wahrnimmt. Zeit ist gut, um Wunden heilen zu lassen oder einen besseren Blick darauf zu bekommen. Manchmal hilft es schon, sich mit anderen Dingen zu beschäftigen. Aber grundsätzlich sollte man immer bei sich bleiben. Egal, wie es da gerade aussieht. Sie sind es wert, dass Sie sich jetzt erst mal um sich kümmern. Was auch immer vorgefallen ist.«

Ich bedankte mich für ihre Worte, als der Zug in Dagebüll einfuhr. Es tat gut, von einer außenstehenden Person mit viel Lebenserfahrung aufgezeigt zu bekommen, dass man den Kopf nicht vorzeitig in den Sand stecken sollte.

Irgendwo hatte ich mal gelesen, dass alte Menschen die Stunden, Tage, Wochen, ja manchmal sogar Monate bereuten, in denen sie sich zu viele Sorgen gemacht haben. Sorgen um einen sicheren Job, gesunde Kinder, eine glückliche Ehe, den nächsten Sommerurlaub. Denn viele Sorgen davon waren unbegründet und viel kleiner als zunächst vermutet.

Doch ich machte mir keine Sorgen über Eventualitäten. Meine Katastrophen waren echt und mit den Händen greifbar. Auch wenn sie hier in Dagebüll von einer erfrischend salzigen Meeresbrise umweht wurden.

Während die übrigen Reisenden nicht schnell genug in Richtung Fährhafen aufbrechen konnten, entschied ich mich, den Strom an mir vorüberziehen zu lassen und langsam hinterher zu trotten.

Doch schon von Weitem waren die Schiffe der Wyker Dampfschiff-Reederei zu erkennen, die von Dagebüll aus die beiden Nordseeinseln Amrum und Föhr ansteuerten. Vom Schlüttsieler Fährhafen aus konnte man mit Schiffen der Reederei auch die Halligen anfahren.

Ohne darüber nachzudenken, atmete ich die frische Nordseeluft ganz fest in meine Lungen ein. Es tat gut, wieder hier zu sein. Es war viel zu lange her, seit ich das letzte Mal in meiner alten Heimat gewesen war.

Gleichzeitig machte sich in meinem Inneren eine gewisse Unruhe breit. Schließlich wusste niemand, dass ich schon in knapp einer Stunde auf Föhr ankommen würde. Ich schluckte bei dem Gedanken daran, wie Opa Paul mich ausdruckslos ansah und mich dann ins Haus bat. Er brauchte keine Worte dafür, um mir zu verstehen zu geben, dass er von mir und meinem Handeln enttäuscht war. Vielleicht freute er sich ja auch, dass Kai mich hintergangen hatte.

Doch damit tat ich ihm unrecht. Mein Großvater hatte sich nie über das Leid anderer Menschen gefreut. Er war einer von den Guten, half, wo er gebraucht wurde, und verlor über fast niemanden ein schlechtes Wort.

Nur seine Nachbarin Käthe, über die schimpfte er, wann immer sich die Gelegenheit dazu bot. Die beiden Zankhähne waren in all den Jahren kein bisschen klüger geworden. Kaum dass sie sich draußen sahen, fingen sie auch schon an zu streiten. Der Anlass dafür war meist nichtig. Dennoch fanden sie immer einen neuen Grund, kein gutes Haar am jeweils anderen zu lassen.

Auch wenn ich schon einige Jahre nicht mehr hier gewesen war, war ich mir sicher, dass sich daran nichts geändert hatte. Manche Menschen lernten es einfach nie. Auch wenn ich keinen blassen Schimmer hatte, was zwischen den beiden einst vorgefallen war – irgendeinen Grund musste es für ihr Verhalten geben, nur leider wollte sich mir dieser nicht erschließen und offenbar wusste auch sonst niemand darüber Bescheid.

Wie in Trance kaufte ich ein Ticket und ging als eine der Letzten auf die Fähre. Mein Magen rebellierte bei der Vorstellung. Dennoch ging ich Schritt für Schritt weiter. Als Kind und Jugendliche hatte ich Schiffsreisen nicht besonders gut vertragen, was so viel bedeutete, dass ich mich regelmäßig erbrechen musste. Das hatte in der Vergangenheit schon zu manch einer unschönen Szene geführt. Nachhaltig im Gedächtnis waren sie mir jedenfalls geblieben. Besonders die Peinlichkeit dahinter, auch wenn ich nichts dafürkonnte. Schließlich hatte ich es mir nicht ausgesucht, mich vor versammelter Mannschaft zu übergeben. Meist war das so schnell gekommen, dass ich keine Chance hatte, mich bis zur Reling oder auf die nächstgelegene Toilette durchzuschlagen.

Frischluft tat mir meist gut. Auch der Blick auf den Horizont wirkte oft Wunder. Also entschied ich mich, oben auf dem Aussichtsdeck Platz zu nehmen und mir eine ordentliche Brise um die Nase wehen zu lassen.

Das Schiff legte ab und fuhr in der vorgegebenen Fahrrinne los. Aufgrund der Tatsache, dass hier sowohl Ebbe als auch Flut vorherrschten, musste der Kapitän in einem abgesteckten Bereich fahren, um nicht Gefahr zu laufen, im Schlick stecken zu bleiben. Erst vor zwei Jahren war ein Fährschiff vor dem Dagebüller Hafen stecken geblieben. Die Passagiere hatten mehrere Stunden darauf ausharren müssen. Aber die Jungs und Mädels der Reederei wussten sicher, was zu tun war. Also würde ich mir darüber nicht auch noch Sorgen machen.

Nach knappen zehn Minuten auf dem Wasser war ich fast so weit zu glauben, dass ich die Fahrt gut überstehen würde. Doch meine Zuversicht war verfrüht. Schon wenige Augenblicke später spürte ich, wie mein Magen rebellierte. Das alles passierte so schnell, dass ich gerade noch aufstehen und den halben Weg zwischen Reling und meinem Sitzplatz zurücklegen konnte.

Dann erbrach ich mich mitten auf dem Aussichtsdeck auf die Schuhe eines Passagiers, der mir wie aus dem Nichts in den Weg gelaufen kam.

Panisch blickte ich auf das, was ich da angerichtet hatte, unfähig, dem Schuhträger ins Gesicht zu sehen. Wie peinlich!

»Entschuldigung, das tut mir schrecklich leid«, erklärte ich mit gesenktem Blick, während mir schon wieder schlecht wurde.

Bevor die Sneakers meines Gegenübers abermals in Mitleidenschaft gezogen werden konnten, eilte ich schnell weiter zur Reling. Nachdem auch der Rest meines Mageninhalts über Bord gegangen war, berührte mich jemand an der Schulter.

»Kann ich etwas für Sie tun? Brauchen Sie Hilfe?«

Dankbar zog ich das Taschentuch der alten Dame aus meiner Manteltasche und tupfte mir damit den Mund sauber. Dann wandte ich mich zu dem aufmerksamen Mitreisenden um, der sich um mein Wohl sorgte.

»Nein, danke. Es geht schon.«

Lächelnd sah ich ihn an, ehe mein Blick auf seine Schuhe fiel und ich verstand, wen ich da vor mir hatte. Der Mann, dem ich vor wenigen Sekunden auf die Schuhe gekotzt hatte, war nicht, wie ich erwartet hatte, zur Herrentoilette geeilt, um zu retten, was zu retten war, sondern hatte sich stattdessen bemüßigt gefühlt, nach mir zu sehen. Nun wurde mein schlechtes Gewissen noch eine Spur größer. Wenn das überhaupt noch möglich war.

»Sind Sie ganz sicher? Ich habe Reisetabletten dabei. Die könnte ich Ihnen schnell holen«, bot er mir an und machte dabei weder Anstalten, mir einen Vorwurf wegen der Schuhe zu machen noch mich in Ruhe zu lassen.

»Ganz sicher sogar. Es ist alles bestens. Das mit den Schuhen …«, hob ich an.

»Es sind nur Schuhe«, erwiderte er schulterzuckend.

»Ich würde dennoch gerne dafür aufkommen«, bot ich an.

Doch mein Gegenüber winkte ab.

»Die sind furchtbar alt. Ich hätte sie schon längst aussortieren und weggeben sollen.«

Verlegen strich ich mir eine Haarsträhne hinters Ohr.

»Soll ich sie vielleicht für Sie säubern?«

Diese Unterhaltung war so ziemlich das Unangenehmste, was ich in den letzten Tagen tun musste, und reihte sich ganz prima ein die Kette der vorangegangenen Pleiten, Pech und Pannen meines Lebens.

Lächelnd sah er mich an. Und mir blieb das erste Mal die Gelegenheit, ihn mir etwas genauer anzusehen. Der Mann war geringfügig älter als ich, aber nicht viel. Er hatte braune, leicht abstehende Haare, einen Dreitagebart und dunkle Augen. Außerdem waren Grübchen in seinen Wangen zu erkennen. Im Gegensatz zu mir trug er lediglich ein einfaches olivfarbenes Shirt. Seine Arme sahen durchtrainiert aus.

»Keine Sorge, das schaffe ich schon allein.«

Erst jetzt wurde ich mir bewusst, dass ich ihn anstarrte. Peinlich berührt wurde mir plötzlich so heiß, dass ich meinen Mantel am liebsten auf der Stelle ausgezogen hätte.

»Dann wünsche ich Ihnen noch eine gute Reise«, verabschiedete ich mich.

Mein Gegenüber lachte und deutete hinter mich.

»Wir werden in knapp zehn Minuten anlegen.«

Ich drehte mich um und musste feststellen, dass er recht hatte. Die Fahrt war viel schneller vorübergegangen, als ich es erwartet hätte. Schon erkannte ich den Anleger von Wyk und den Strand, der sich links daneben entlangzog.

Nichts schien sich seit meinem letzten Besuch auf der Insel verändert zu haben. Alles sah so aus wie immer.

Als ich meinen Blick von der Kulisse löste und mich wieder umwandte, war der Mann verschwunden. Suchend blickte ich mich nach ihm um, während der Kapitän eine Durchsage machte, dass wir unser Ziel gleich erreicht hätten.

Eilig ging ich hinüber zu meinem Platz und griff mir meinen Koffer, den Rucksack und die Umhängetasche.

Das Abenteuer konnte beginnen.

Kapitel 4

Einundzwanzig Bus-Stationen und eine knappe Stunde später war ich an meinem Ziel angekommen.

An der Haltestelle *Tankstelle-Nieblum* stieg ich aus und lief ein paar Meter die Kertelheinallee zurück, ehe ich in die Strandstraße einbog, in der Opa Pauls Kapitänshaus stand.

Dem Mann, dem ich meinen Mageninhalt auf die Schuhe erbrochen hatte, war ich zum Glück nicht mehr begegnet. Zwar ist Föhr nur die flächenmäßig fünftgrößte Insel Deutschlands, dennoch wagte ich zu hoffen, dass wir uns nicht wieder über den Weg laufen würden. Sollte es doch der Fall sein, stand außer Frage, dass mich irgendwo jemand im Universum auf dem Kieker hatte. Und das gewaltig.

Auf dem Weg zu Opas Haus kam ich an einigen Ferienhäusern und -wohnungen vorbei. In den Sommermonaten platzte der kleine Ort fast aus allen Nähten, während man in den Wintermonaten unter sich war.

Opa Paul hatte nie Feriengäste beherbergt, obwohl er durchaus Platz gehabt hätte. Als ich ihn einmal danach fragte, meinte er, das wäre nichts für ihn so mit fremden Leuten. Außerdem wollte er abends seine Ruhe haben und sich nicht mit irgendwelchen Gästen zusammensetzen und womöglich Wein trinken oder über sich und das Leben auf der Insel reden müssen.

Mein Großvater war ein Mensch, wie es ihn in meiner Generation nicht mehr zu geben schien. Er war seiner Meinung treu, eckte an und hatte damit überhaupt kein Problem. Ich mochte seine direkte Art und konnte gut damit umgehen. Und auch wenn ich das Gefühl hatte, dass er nicht überall auf offene Ohren stieß, wurde er dennoch von der Gemeinschaft gemocht und respektiert.

Mein Blick glitt hinüber zum Haus der alten Jensen. Zwar hatte Nieblum keine eigene Zeitung, aber sie war eine Institution, die immer über alles im Dorf Bescheid wusste. Egal, ob es sich dabei um Affären, Hochzeiten, Schwangerschaften oder Krankheitsfälle handelte, Frau Jensen war über alles bestens im Bilde.

Opa Paul mochte zwar keinen Klatsch und Tratsch, verstand sich aber trotzdem ausgezeichnet mit ihr, was mich schon früher das ein oder andere Mal verwundert hatte.

Stattdessen stänkerte er pausenlos gegen seine unmittelbare Nachbarin Käthe, die bloß aus ihrem Haus kommen musste, um seine Streitlust zu wecken. Ob die beiden Zankhähne mittlerweile besser miteinander auskamen? Im Alter stellte sich ja bekanntlich so was wie Weisheit ein. Ob das bei den beiden auch der Fall war, blieb fraglich. Aber ich wollte die Hoffnung nicht aufgeben.

Denn Käthe war in der Vergangenheit sehr nett zu mir gewesen. Sie war für mich da, wenn ich Hilfe brauchte oder nicht weiterwusste. Dummerweise hatte Opa Paul nicht mitbekommen dürfen, wenn ich zu ihr ging. Das hätte er mir nämlich verdammt krummgenommen. Loyalität war ihm wichtig.

Und noch während ich darüber nachdachte, wie meine Zeit auf Föhr meine Jugend geprägt hatte, stand ich plötzlich vor dem Haus, in dem ich viele Jahre gelebt hatte. Das weiße Gatter war gerade erst frisch gestrichen worden. Es leuchtete so hell, dass es mich regelrecht blendete. Links und rechts daneben umrahmte eine Mauer aus grauem Steinen das Grundstück, wie es für die Region typisch war.

Der Garten war überwuchert von Sträuchern und Büschen. Narzissen, Krokusse und Hyazinthen tauchten das üppige Grün in ein herrliches Farbenmeer. Opa Paul hatte sich gut um alles gekümmert. Ein Stein fiel mir bei diesem Anblick vom Herzen. Denn wenn er die Kraft besaß, sich um den Garten zu kümmern, dann musste er auch so gut zurechtkommen. Allein.

Die Fenster des weißen Backsteinhauses waren blau angemalt. Doch besonders auffällig war die hellblaue Tür, die leuchtend den Weg wies. Gedeckt war das alte Kapitänshaus mit Reet.

Einer unserer Vorfahren war wie die meisten Männer jener Zeit zur See gefahren und hatte Wale gejagt. Im Gegensatz zum glücklichen Matthias, der vor über dreihundert Jahren gelebt und dreihundertdreiundsiebzig Wale erlegt hatte, war mein Vorfahre Heinrich nicht ganz so erfolgreich gewesen. Zu einem der schönsten Häuser Nieblums hatte es dennoch gereicht.

1743 wurde es erbaut und sah nach wie vor zeitlos aus. Viele Menschen bauten heute ihre Häuser nach dem Vorbild der alten Kapitänshäuser, die durch all die Jahrhunderte nicht an Charme verloren hatten.

Die gedrungenen Decken im Inneren des Hauses wirkten heimelig. Das viele Holz roch herrlich erdverbunden. Die Atmosphäre eines so alten Hauses war unverkennbar und lud regelrecht dazu ein, länger zu bleiben, als man ursprünglich geplant hatte.

Doch eigentlich hatte ich nicht vorgehabt, jetzt hierherzukommen. Meine Pläne sahen anders aus. Föhr war auf der Agenda nirgends aufgetaucht.

Dass ich nun dennoch hier vor Opa Pauls Haus stand, hatte nichts mit der Sehnsucht zu tun gehabt, die ich verspürte, wenn ich an Föhr dachte.

Das Gartentor gab einen quietschenden Laut von sich, als ich die kalte eiserne Klinke hinunterdrückte, um durch den Garten zu gehen und es endlich hinter mich zu bringen. Mein Herz schlug so wild in meiner Brust, dass ich befürchtete, es könnte mir zwischen den Rippen hindurchfallen.

Mein Rollkoffer, den ich hinter mir herzog, schepperte über die Steinfliesen, die einen Pfad zum Haus schlugen. Rechts und links der Platten war der Natur der Raum überlassen worden.

Der Duft der Blüten und Blumen war unbeschreiblich. Dabei war es erst Ende März. Bienen waren emsig auf der Suche nach Nektar und wurden für ihren Mut belohnt. Hier herrschte das Paradies. Nicht nur für Insekten.

Es kostete mich ein wenig Mut, an die hellblaue Tür zu klopfen. Eine Klingel gab es nicht, hatte es nie gegeben. Aber das war nicht das Problem. Das Problem war vielmehr, dass ich mich seit viel zu langer Zeit nicht mehr bei meinem Großvater gemeldet hatte und nun – für ihn völlig unerwartet – vor seiner Tür stand.

Bilder aus meiner Jugend huschten vor mein geistiges Auge. In meiner rebellischen Pubertät hatte Opa Paul nicht selten all meinen Frust über meine Eltern abbekommen. Manchmal hatte ich ihn sogar dafür verantwortlich gemacht, dass die beiden sich getrennt hatten. Dabei lag es ganz sicher nicht an ihm. Sie waren einfach nicht füreinander bestimmt gewesen und hatten es lange nicht sehen wollen.

Seufzend wischte ich die Bilder beiseite und konzentrierte mich auf das Hier und Jetzt.

Als ich mich endlich dazu durchgerungen hatte, anzuklopfen, tat sich hinter der Tür nichts. Kein Laut war zu vernehmen, keine Schritte zu hören. Ob Opa Paul wohl unterwegs war?

Ich klopfte noch zwei weitere Male an. Diesmal länger und lauter. Aber auch auf diese Versuche hin kam niemand zur Tür, um sie zu öffnen. Es war doch hoffentlich nichts passiert? Was, wenn er gestürzt war und nicht allein wieder aufstehen konnte?

Mein Herz zog sich bei diesem Gedanken auf die Größe eines Sandkorns zusammen.

Früher hatte Opa Paul seine Tür nie abgesperrt. Ob das heute noch immer so war? Zunächst hatte ich meine Bedenken, es zu versuchen. Als ich abermals daran denken musste, dass es ihm womöglich nicht gut ging und er Hilfe benötigte, warf ich diese über Bord.

Mit einem »Opa Paul? Bist du daheim?« öffnete ich schließlich die Tür und sah mich zu allen Seiten hin um. Meinen Koffer ließ ich draußen stehen. Den brauchte ich auf meiner Suche nicht mitzuschleppen.

»Opa Paul?«, rief ich abermals, um auf mich aufmerksam zu machen.

Doch niemand antwortete mir.

Durch den schmalen Flur ging ich zunächst zur Küche. Dort war alles beim Alten. Das weiße Küchenbüfett thronte über der Einrichtung. Der Küchenblock mit Herd wirkte regelrecht mickrig dagegen. Die Eckbank mit dem Tisch und den drei Stühlen daran befand sich ebenfalls an Ort und Stelle. Nur Großvater fehlte, der zu dieser Uhrzeit gewöhnlich hier saß und seine Zeitung las. Aber was wusste ich schon noch über seine Gewohnheiten? Die hätten sich in der Zwischenzeit nämlich durchaus ändern können.

Weder im Wohnzimmer noch im Bad oder Schlafzimmer wurde ich fündig. Zuletzt betrat ich mein altes Kinderzimmer, in dem zu meinem Bedauern die Zeit nicht stehen geblieben war. Verschwunden waren die Poster an den Wänden. Was war ich stolz auf meinen Starschnitt der Backstreet Boys aus der BRAVO gewesen. Nun war er nur noch ein Relikt meiner Erinnerung.

Statt meinem Jugendzimmer dominierte eine üppige Couch, auf der man sicher auch gut schlafen konnte. Ein schmaler Schrank stand daneben. Er sah nach einer Maßanfertigung aus. Sicher hatte ihn Opa Paul selbst gebaut.

Mit wenigen Schritten hatte ich den Raum durchquert und legte meine Finger auf das dunkle Holz. Opa verstand seine Arbeit und er wusste um ihre Bedeutung. Der Schreibtisch, an dem ich meine Hausaufgaben gemacht hatte, war einer kleinen Kommode gewichen, die Opa augenscheinlich auch selbst gebaut hatte.

Das war es nun also: mein altes Zimmer. Oder sollte ich besser sagen: das neue Gästezimmer?

Früher hatte Opa Paul nicht allzu oft Besuch bekommen. Die meisten Menschen, die er kannte und schätzte, lebten auf der Insel und hatten dort ihre eigenen Häuser und Wohnungen, in denen sie übernachten konnten.

Manchmal kamen alte Schulfreunde, die weggezogen waren, um auf dem Festland ihr Glück zu versuchen. Mein Vater hatte seinen Vater besucht, als er kurzzeitig eine Ehekrise mit seiner zweiten Frau hatte. Und wer in den letzten Jahren hier bei Opa Paul vorbeigesehen hatte, konnte ich nicht mit Gewissheit sagen. Nun, da ich den Raum so vor mir sah, hoffte ich fast darauf, dass es viele waren. Denn dann hatte er sich nie so einsam fühlen müssen, wie das bei mir gerade der Fall war.

Ein Geräusch holte mich aus meinen Gedanken. Verunsichert sah ich mich zur Tür um. Doch da war niemand. Wo kam der Laut her? Suchend durchstreifte ich abermals das Haus. Von Großvater oder einem anderen, womöglich ungebetenen Gast war nirgends etwas zu sehen.

Als ich erneut das Rascheln hörte, realisierte ich, dass der alte Geräteschuppen hinterm Haus offen stand. Opa Paul lagerte dort sein Werkzeug. Eine große Werkstatt hatte er nicht mehr, seit er in den verdienten Ruhestand gegangen war. Aber er konnte und wollte sich von vielen seiner lieb gewonnenen Gerätschaften nicht trennen. Schließlich begleiteten ihn die meisten davon länger als ein halbes Leben.

Aus dem Flur ging ich ins Wohnzimmer, um von dort durch die Terrassentür nach draußen zu gelangen. Abermals war ich ganz aufgeregt, weil ich vielleicht schon im nächsten Moment meinen Großvater sehen würde. Würde er mich mit offenen Armen empfangen oder mir Vorwürfe machen? Mein schlechtes Gewissen schwoll immer weiter an.

Nervös setzte ich meinen Weg fort, als ich einen Schatten im Schuppen ausmachte, der ganz und gar nicht zu meinem Opa Paul passen konnte. Dieser trug nämlich immer eine Kapitänsmütze. Ob Sommer, ob Winter, ohne sie ging er nicht vor die Haustür. Ebenso wie nicht ohne seine Pfeife. Außerdem war er viel kleiner als diese Gestalt da. Wer machte sich bloß in unserem Schuppen zu schaffen?

Die Kriminalitätsrate auf Föhr war zwar für gewöhnlich um die Hälfte niedriger als im Landesdurchschnitt, was jedoch nicht hieß, dass die Insel vor Straftaten gefeit gewesen wäre. Auch auf Föhr gab es rund zweihundert Straftaten jährlich. Meist waren es zwar nur Bagatellfälle, aber als ich siebzehn Jahre alt war, hatte ein Brandstifter sein Unwesen auf der Insel getrieben. Zwar war er relativ schnell geschnappt worden und niemand war zu Schaden gekommen, dennoch hatte das etwas mit den Einwohnern gemacht.

Als sich herausstellte, dass es sich um einen Feriengast handelte, der der Insel zugesetzt hatte, waren die Insulaner noch näher zusammengerückt. Bis auf Käthe und Opa Paul. Die konnten immer noch nicht miteinander.

Was, wenn derjenige in Opas Schuppen ein Feriengast war, der uns übel mitspielen wollte?

Bevor ich meinen Weg fortsetzte, schnappte ich mir ein Beil, das Opa Paul an einem Kirschbaum abgestellt hatte. Das kam mir gerade wie gerufen. Fest umklammerten meine Finger den hölzernen Griff. Die Waffe gab mir Sicherheit, auch wenn ich hoffte, sie nicht zum Einsatz bringen zu müssen.

»Hallo? Wer ist denn da?«, fragte ich mit brüchiger Stimme, was ich augenblicklich bereute.

Das Letzte, was ich wollte, war, dass der Einbrecher mitbekam, wie sehr mich seine Anwesenheit ängstigte. Noch bestand schließlich das Fünkchen Hoffnung, dass es sich bei demjenigen in Opas Schuppen um einen Nachbarn handelte, der sich etwas von meinem Großvater ausleihen wollte.

Auf meine Frage reagierte der Fremde nicht, dafür raschelte und klapperte er nun umso lauter. Gut möglich, dass er mich nicht gehört hatte. Denn meine Stimme war nicht nur brüchig, sondern auch noch sehr leise gewesen.

Ehe ich auf die Schuppentür zuhielt, fasste ich noch einmal fester um den Stiel und bemühte mich, nicht daran zu denken, was passieren könnte, wenn die Waffe in meiner Hand gegen mich eingesetzt würde.

Mit einem wenig kraftvollen »Moin?« versuchte ich abermals, auf mich aufmerksam zu machen.

Das Rascheln verstummte sofort. Schritte waren auf dem Betonboden zu hören, den Opa Paul in den Sechzigerjahren des vergangenen Jahrhunderts selbst gegossen und seither unzählige Male geflickt hatte. Werkzeug schepperte, und bevor ich die Person sah, erkannte ich das Vorderrad eines Fahrrades.

Mit wild schlagendem Herzen stand ich mit der Axt in der Hand da und wartete darauf, was passieren würde. Vor meinem geistigen Auge blitzte das Bild eines hünenhaften Kettensäge schwingenden Monsters auf. Gleichzeitig versuchte ich dem Impuls zu widerstehen, so schnell wie möglich wegzulaufen.

Das hier war das Haus meines Opas. Niemand würde hier einfach einbrechen und wegschaffen, was mein Großvater sich erarbeitet hatte. Er hing an jedem seiner Werkzeuge, die er nur selten an Auserwählte verlieh. Diese mussten sich dafür allerdings erst qualifizieren und erklären, was sie damit vorhatten. Ebenso galt es, einen langen Monolog über die Handhabe über sich ergehen zu lassen, wie die Gerätschaft zu benutzen war, ehe sie schließlich ausgehändigt wurde. Unter Vorbehalt. Und nicht immer.

Opa Paul war eigen. Was er jedoch nicht war, war ein Fahrradfahrer. Bis eben wusste ich nicht mal, dass er eines besaß.

»Oh, Sie?«, fragte der Mann, als er mit dem Fahrrad aus dem Schuppen kam.

Perplex blickte ich zuerst auf die Sneakers, dann in sein Gesicht. Er war es wirklich: Der Mann, dem ich auf der Fähre der Wyker Dampfschiff Reederei auf die Schuhe gekotzt hatte, stand leibhaftig vor mir. Ganz so, als hätten wir uns gerade für wenige Sekunden aus den Augen verloren und gleich wiedergefunden.

War das seine Revanche für meinen Totalausfall? Aber woher wusste er, dass ich hier wohnte?

»Was machen Sie hier?«, blaffte ich ihn unverhohlen an und umklammerte dabei den Stiel der Axt noch eine Spur fester.

»Ich bin auf der Suche nach dem Fahrrad meiner Großmutter.«

Mit dieser Antwort hatte ich nicht gerechnet. Also dauerte es einen kleinen Moment, bis ich mich so weit gefasst hatte, dass ich darauf etwas erwidern konnte.

»Und warum suchen Sie danach ausgerechnet im Schuppen meines Großvaters?«, hakte ich nach, ohne die Axt herunterzunehmen.

Milde belächelte mich mein Gegenüber. Offenbar fand er die Axt ein wenig überzogen. Aber was sagte mir denn, dass er kein polizeilich gesuchter Straftäter war, der auf der Insel untertauchen wollte.

Und dann klaut er kurzerhand erst mal ein Fahrrad, lässt sich auch noch erwischen und grinst dabei dämlich?, gab meine innere Stimme zu bedenken.

Jeder machte Fehler. Auch ein polizeilich gesuchter Straftäter, der der Justiz bislang entkommen konnte.

»Das ist der Schuppen Ihres Großvaters?«, fragte er erstaunt und deutete dabei mit seinem Daumen hinter sich.

Ich nickte verunsichert. Was genau spielte er da für ein Spielchen mit mir?

»Ja, das ist der Schuppen meines Großvaters, in den Sie soeben eingebrochen sind und aus dem Sie das Fahrrad geklaut haben.«

Mein Gegenüber schaute auf den Drahtesel an seiner Seite und dann wieder zu mir.

»Das ist das Fahrrad meiner Großmutter.«

»Ich verstehe nicht«, erwiderte ich perplex.

Was hatte seine Großmutter mit meinem Opa Paul zu schaffen? Und wenn die beiden sich kannten, warum war mir der Kerl gegenüber dann völlig unbekannt?

»Bist du Meike?«, fragte er mich und kniff die Augen dabei leicht zusammen, ohne den Blick von mir abzuwenden.

Nun verstand ich nur noch Bahnhof. Woher wusste er, wie ich hieß? Fieberhaft überlegte ich, ob ich ihm meinen Namen auf der Fähre genannt hatte. Doch das stand außer Frage. Er musste ihn irgendwo aufgeschnappt haben. Aber woher nur? Schließlich hatte ich, seit ich auf der Insel war, mit keiner Menschenseele gesprochen oder telefoniert. Das war unheimlich.

»Ja, ich bin Meike. Wer will das wissen?«

Nach außen hin blieb ich die Ruhe selbst. Abgesehen davon, dass ich meine Fingernägel mittlerweile in das Holz der Axt krallte und überlegte, ob mich jemand hören würde, wenn ich laut losschreien sollte.

War der Typ am Ende irgendein Serienkiller, der mir bereits in München aufgelauert hatte und mich bis auf die Insel verfolgt hatte? Man las Geschichten dieser Art ja ständig. Oder zumindest gab es Serien- und Buchschreiber, die sich genau solch einen Plot ausdachten, um uns den Schlaf zu rauben.

»Erkennst du mich denn gar nicht?«, fragte er und ging dabei samt Fahrrad zwei Schritte auf mich zu.

Jetzt wurde mir die Sache unheimlich.

»Woher sollte ich Sie kennen?«, hakte ich nach und wich zwei Schritte zurück, um den Abstand zu meinem Gegenüber nicht zu verringern.

Schließlich brauchte ich etwas Platz, falls mir das mit der Axt doch zu heikel wurde und ich schnellstmöglich verschwinden musste.

»Das ist nicht dein Ernst. Oder? Ich meine, klar … Ich hab dich auch nicht gleich erkannt, aber jetzt … ist es doch offensichtlich. Oder?«

Auf den Serienkiller packte ich gedanklich noch den Psychopathen. Eine hochexplosive Mischung, die mich dazu verleitete, zwei weitere Schritte zurückzusetzen.

Dummerweise nahm mein Gegenüber das zum Anlass, um mir weiter entgegenzulaufen.

»Ich habe keine Ahnung, wer Sie sind. Und wenn Sie nicht augenblicklich das Grundstück meines Großvaters verlassen, dann rufe ich die Polizei.«

Zwar lag mein Handy im Rucksack – dort hatte ich es nach meiner Ankunft auf der Insel verstaut –, den ich im Haus zurückgelassen hatte, aber das wusste der Kerl ja nicht. Vielleicht reichte es schon, wenn ich ein wenig bluffte.

Als Reaktion darauf lachte er, weshalb ich weiter rückwärts ging, bis ich die Haselnusshecke im Rücken spürte.

Verdammt! Nun saß ich in der Falle.

Grinsend kam mein Gegenüber samt Fahrrad auf mich zu. Ich wappnete mich bereits für das Schlimmste und wollte jeden Moment anfangen, so laut loszuschreien, dass mich jeder im Umkreis von fünf Kilometern problemlos hören konnte, als er abermals zu sprechen anhob.

»Du weißt wirklich nicht mehr, wer ich bin. Mensch, Meike, ich habe dir den Kleinen Wagen gezeigt und mit dir in diesem einen Sommer meine ersten Erfahrungen gesammelt. Es zerreißt mir das Herz, dass du dich nicht mehr an mich erinnerst.«

Prüfend ging ich mit meinem Blick auf die Suche nach Ähnlichkeiten im Gesicht meines Gegenübers. Konnte das denn wirklich sein? Es war lange her, seit wir uns das letzte Mal gesehen hatten. Er hatte sich verändert. Aber diese Augen. Wenn ich ganz genau hinsah, dann kamen sie mir bekannt vor. Dieses Funkeln erinnerte mich an früher.

»Henning?«

Ich wagte kaum zu glauben, dass wir uns nach all der Zeit wiedersehen sollten. Nach unserem Sommer waren andere gekommen, doch Henning hatte sich nicht mehr auf der Insel blicken lassen. Seine Eltern waren ins Ausland gezogen, hatte Käthe erzählt, die Sommer auf Föhr waren damit Geschichte.

Aber auch in den übrigen Monaten und Jahren kamen sie nicht mehr auf die Insel. Unser Kontakt brach ab. Sicher hatte er längst ein anderes Mädchen gefunden, dem er sein Herz geschenkt hatte. Und ich? Ich hatte mich nicht getraut, ihm noch eine weitere Textnachricht zu schreiben, weil ich nicht schwarz auf weiß lesen wollte, dass er nichts mehr von mir wissen wollte.

»Ja, genau der bin ich«, sagte er grinsend und kam mir dabei so nahe, dass ich den Haselnussstrauch in meinem Rücken verfluchte.

»Es ist lange her«, erwiderte ich verunsichert.

»Da hast du recht. Aber könntest du vielleicht die Axt weglegen?«

Verlegen ließ ich meinen Arm sinken.

»Das mit deinen Schuhen tut mir leid.«

Abermals zuckte er mit den Schultern.

»Ist nicht der Rede wert. Ich hoffe, es geht dir jetzt besser.«

Verschmitzt sah er mich an, während ich in seinem Gesicht nach dem Henning suchte, der noch keinen Bartwuchs hatte und nicht ganz so männlich aussah wie heute.

Wenn ich mir den Mann mir gegenüber so ansah, dann hatte er durchaus Ähnlichkeit mit meiner ersten großen Liebe. Die Nase war ein wenig schief. Im Alter von acht Jahren war Henning in einem Fußballcamp gewesen und hatte sich dort im Zweikampf mit einem Zehnjährigen die Nase gebrochen. Er hatte mir davon erzählt.

Ebenso wie von dem Muttermal, das er auf der rechten Wange trug. Seine Mutter hatte das gleiche, nur auf der anderen Wange. Ich hatte es erst aufgrund des Bartes nicht gleich entdeckt.

»Was machst du hier?«, fragte ich schließlich.

»Was ich hier mache? Ich wohne seit knapp zweieinhalb Jahren nebenan bei Oma Käthe. Die Frage ist wohl eher, was du hier machst.«

»Ich bin zu Besuch. Bei Opa Paul«, erklärte ich völlig unnötigerweise.

»Das dachte ich mir fast.« Ein süffisantes Lächeln lag auf seinen Lippen.

Hatte er schon früher einen so verführerischen Mund gehabt? Und was war mit diesen muskulösen Oberarmen? Die mussten in den vergangenen Jahren dazugekommen sein. Ob er wohl auch ein Sixpack besaß?

Mein Blick glitt beinahe andächtig über sein T-Shirt, bis ich mir meiner eigenen Gedanken bewusst wurde und meinen Kopf leicht schüttelte, um mich ihrer zu entledigen.

Was war nur mit mir los? Bis vor wenigen Minuten hatte ich Henning noch für einen polizeilich gesuchten Gewaltverbrecher gehalten, der mich jeden Moment um die Ecke bringen konnte, und nun schmachtete ich ihn an, als hätte ich noch nie einen Mann mit Muskeln gesehen.

Ehrlicherweise war das schon einige Zeit her. Kai hielt nichts davon, sich wie die Volldeppen, wie er sie nannte, ins Fitnessstudio zu stellen und wie blöd irgendwelche Gewichte zu stemmen. Fürs Joggen fehlte ihm die Lust, und Mannschaftssportarten scheiterten oftmals daran, dass man sie meist mit einem Ball spielen musste, den Kai nicht mochte.

»Dann geh ich mal besser wieder, bevor der alte Herr nach Hause kommt.«

»Streiten sich deine Oma und er noch immer?«, wagte ich einen zaghaften Vorstoß in eine völlig neue Richtung.

Während ich bis gerade eben alles dafür getan hätte, ihn schnellstmöglich wieder loszuwerden, wollte ich jetzt nur ungern, dass er ging. Viel wankelmütiger hätte ich nicht sein können.

Allerdings hatte sich in wenigen Minuten beinahe alles verändert. Schließlich stand vor mir kein Straftäter, sondern meine Jugendliebe.

Henning lachte.

»Die beiden haben nie heftiger miteinander gezankt. Ich habe noch immer keine Ahnung, warum das so ist. Wenn ich Oma Käthe darauf anspreche, macht sie sofort dicht. Neuerdings nehmen sie sich gegenseitig auch noch Wertgegenstände ab und verstecken sie wie Kleinkinder.«

Henning deutete auf das Fahrrad.

»Omas Rad lehnte heute Morgen noch an ihrem Zaun. Als ich kam, war es weg. Sie hat mich postwendend rausgeschickt, um nachzusehen, ob es bei Paul ist.«

»Dann hat Opa Paul Käthe das Fahrrad geklaut?«

Das waren ganz neue Dimensionen, die sich da vor mir auftaten.

»Sieht wohl so aus«, erwiderte er und zeigte mir einen Aufkleber am oberen Bereich des Rahmens, auf dem unverkennbar Käthes Name zu lesen war: *Käthe Wohlleben.*

»Wo steckt mein Großvater eigentlich?«

»Der ist wohl schon heute Morgen auf die Baustelle am Ortsrand gegangen. Mit dem Bus müsstest du daran vorbeigefahren sein. Weil immer Gäste kommen, wird nun ein großes Golfhotel gebaut.«

Bei seinen Worten wurde ich hellhörig.

»Aber die Einwohner waren doch immer dagegen.« Ich war überrascht.

Henning zuckte mit den Schultern.

»Die Leute auf der Insel müssen schauen, wo sie bleiben. Energiekrisen und Viren machen schließlich auch vor Föhr nicht halt. Es hat ein Umdenken eingesetzt, zumindest bei einigen.«

»Und Opa Paul gehört zu den Befürwortern?«

Das war so ziemlich das Letzte, was ich erwartet hätte. Für Opa Paul konnte es nicht beschaulich und natürlich genug sein.

»Er hat sich damit arrangiert, würde ich meinen. Aber Genaueres kann ich dir nicht sagen, weil er nicht mit mir spricht.«

Das hatte ich ganz vergessen. Schließlich war Henning Käthes Enkel. Und damit stand Opa Paul sowohl mit Käthe als auch mit Henning auf dem Kriegsfuß. Warum auch immer.

»Ich geh dann mal besser wieder, bevor Paul zurückkommt und mich hier in seinem Garten sieht und falsche Schlüsse zieht.«

Er zwinkerte mir verschwörerisch zu. Dann nahm er das Rad und zog an mir vorbei Richtung Gartentor, durch das ich erst vor wenigen Minuten selbst hindurchgegangen war.

Zum Abschied warf er mir ein »Man sieht sich« zu.

Ich erwiderte es und winkte ihm kurz zu.

Kapitel 5

Einige Zeit stand ich einfach nur da und blickte Henning ungläubig hinterher.

War das gerade echt passiert? Konnte es wirklich wahr sein, dass ich meiner ersten großen Liebe nach all den Jahren wieder begegnet war? Warum war Henning hier?

»Was machen Sie in meinem Garten? Und wem gehört dieser bullige Koffer vor meiner Haustür? Das hier ist kein Ferienhaus.«

Opa Pauls Stimme drang aus dem Haus zu mir. Erschrocken drehte ich mich zu ihm um. So hatte ich mir unser erstes Wiedersehen nach all den Jahren nicht vorgestellt. Aber nun war es zu spät, etwas daran zu ändern. Ich würde wohl das Beste daraus machen müssen.

»Opa, ich bin es, Meike«, sagte ich nur, woraufhin er den Kopf samt Kapitänsmütze darauf schief legte und mich durchdringend ansah. Die Pfeife hielt er vorsorglich in der Hand.

»Meike?«, fragte er und klang dabei, als könnte er es nicht glauben.

Langsam ging er über die Terrasse nach draußen in den Garten und marschierte eilig auf mich zu. Sein Blick haftete schwer an mir, ebenso wie mein schlechtes Gewissen.

Bis er bei mir ankam, hatte ich Gelegenheit, ihn mir ein wenig genauer anzusehen. Es war lange her, doch verändert hatte er sich kaum. Sein grauer Schnurrbart war so akkurat geschnitten wie eh und je. Auch seine Koteletten – sein persönliches Markenzeichen – standen ihm gut zu Gesicht. Nur um die Augen herum wirkte er ein wenig müde. Vermutlich verbrachte er mehr Zeit auf dieser Baustelle, als gut für ihn war.

»Ja, ich bin's wirklich«, bestätigte ich ihm.

»Was machst du denn hier?«

Opa Paul kam unmittelbar auf den Grund meiner Anwesenheit zu sprechen. Er war noch nie jemand gewesen, der lange um den heißen Brei herumredete.

»Ich … ich wusste nicht wohin.«

Es kostete mich Überwindung, ihm das so offen einzugestehen.

Mein Großvater sah mich einige Augenblicke durchdringend an, dann nickte er.

»Lass uns reingehen und etwas essen. Es gibt aber nur Brote, zum Kochen bin ich nicht gekommen.«

Damit wandte er sich zum Gehen und verschwand im Haus.

Überrumpelt stand ich da und blickte ihm nach. Zwar hatte ich nicht erwartet, dass wir dastehen und uns in den Armen liegen würden, allerdings hätte ich mir doch insgeheim ein wenig mehr Freude darüber erhofft, mich wiederzusehen.

Aber im Grunde musste ich froh und dankbar dafür sein, dass Opa Paul mich nicht abgewiesen hatte. Schließlich war ich in den letzten drei Jahren nicht nur nicht auf Föhr gewesen, nein, ich hatte mich auch nicht bei ihm gemeldet.

Ständig war etwas zu tun, und immer wieder fand ich eine andere Ausrede, um mich nicht bei meinem Großvater melden zu müssen. Vielleicht wollte ich aber auch nur nicht hören, was ich jetzt bitter am eigenen Leib hatte erfahren müssen: nämlich, dass mein Verlobter nichts taugte und nicht gut genug für mich war.

Wenn man liebte, dann verschloss man zu gerne die Augen vor den Tatsachen. Opa Paul hatte ein untrügliches Gespür für Menschen. Er wusste in sie hineinzusehen und machte sich problemlos ein Bild von ihnen. Dummerweise hatte er damit meist auch noch recht.

Zwei, drei tiefe Atemzüge später ging ich ins Haus meiner Jugend zurück und gesellte mich zu ihm in die Küche. Auf dem Esstisch lagen bereits zwei Holzbretter mit Brot, Wurst und Käse. Dazwischen stand die Butterdose, die Oma Else von ihren Eltern zur Hochzeit geschenkt bekommen hatte. Mittlerweile war sie bereits seit fast zwanzig Jahren tot. Nur die Butterdose war noch da. Und diese hütete Opa Paul wie seinen Augapfel.

»Wie geht es dir?«

Nachdem ich mich gesetzt hatte, wagte ich einen zaghaften Vorstoß in Richtung Konversation.

Opa Paul war nicht der gesprächigste Typ. Menschen, die zu viel schwatzten, waren ihm zuwider. Allerdings fand ich die Frage nach seinem Befinden berechtigt. Außerdem wollte ich ihm zeigen, dass es mir wichtig war, zu erfahren, wie es ihm ging.

»Gut«, erwiderte er lapidar und bestrich seine erste Scheibe mit Butter, legte eine Scheibe Salami und Käse darauf und garnierte das Ganze mit einer aufgeschnittenen Gewürzgurke, ein paar Scheiben Tomate und Zwiebelringen, ehe er herzhaft hineinbiss.

Es fühlte sich merkwürdig an, wieder hier zu sein. Und das hatte nichts mit dem Umstand zu tun, dass ich mich bei der Überfahrt aus Dagebüll nach Wyk nicht besonders wohl auf der Fähre gefühlt hatte.

Mein knurrender Magen erinnerte mich daran, dass ich seit heute Morgen nicht wirklich etwas zu mir genommen hatte. Also begann auch ich, mir mein Brot zu belegen und zu essen.

»Ist selbst gebacken«, erklärte Opa Paul.

»Ich wusste ja gar nicht, dass du backst. Das ist neu.«

Opa Paul lachte auf.

»Ich mache das schon seit fast zwei Jahren so. Neu kann man es wirklich nicht nennen. Aber wir … hatten nicht die Gelegenheit, darüber zu sprechen.«

So konnte man es auch ausdrücken.

»Es tut mir leid, dass ich mich nicht bei dir gemeldet habe. Ich könnte behaupten, dass immer was los war, aber im Grunde wollte ich nicht von dir hören, dass Kai nichts taugt. Diese Erfahrung musste ich offenbar erst selbst machen.«

Opa Paul runzelte die Stirn bei meinen Worten.

»Was hat er angestellt?«, fragte er und biss dabei abermals in sein Brot.

»Er hat mich betrogen. Kurz vor der Hochzeit.«

Die Tatsache, dass meine Mutter ihn in eine Falle gelockt hatte, sparte ich in meiner Erzählung lieber aus. Denn auf sie war mein Großvater auch nicht besonders gut zu sprechen.

»Mistkerl! Ich könnte jetzt sagen, dass ich es ja schon immer wusste, aber das würde weder dir noch mir besonders helfen. Bleib, solange du möchtest, meine Meike. Ich hoffe, du bist mir nicht böse, dass ich dein Jugendzimmer ein wenig umgestaltet habe. Die Schlafcouch ist allerdings sehr ordentlich. Und deine Sachen habe ich in den Schrank gesteckt.«

Er hatte meinen Bravo-Starschnitt also doch nicht weggeworfen. Erleichterung flutete meine Blutbahnen wegen eines Posters, das ich vor einer halben Ewigkeit gesammelt und aufgehängt hatte. Es schien offenbar ernster um mich zu stehen als befürchtet.

»Das ist lieb von dir. Mein Vertrag an der Uni wurde auch nicht verlängert. Ich weiß gerade nicht … Sicher findet sich für alles eine Lösung.«

Meine Worte klangen nicht ganz so überzeugend, wie sie klingen sollten. Aber das war sicher dem Umstand geschuldet, dass ich gerade nicht so genau wusste, wie es weitergehen sollte. Zu viele Baustellen zierten meinen Weg, sodass mir der Blick nach vorn verstellt war.

»Kommt Zeit, kommt Rat, hat schon mein Vater immer gesagt. Du wirst sehen, das Leben geht weiter. Und am besten tut es das auf Föhr. Hier kannst du klarer denken als sonst irgendwo in diesem Land. Das macht die frische Seeluft.«

Opa Paul liebte seine Heimat durch und durch. Er konnte sich nicht vorstellen, woanders zu leben. Und wie einen Baum, den man nicht verpflanzen sollte, konnte ich mir nicht vorstellen, dass Opa Paul irgendwo sonst glücklich sein könnte. Er gehörte zur Insel, so wie die Insel zu ihm gehörte.

»Ich werde dir nur in der kommenden Zeit nicht allzu viel Gesellschaft leisten können. Am Dorfrand wird ein Hotel gebaut. Ich helfe dort ein wenig mit.«

Ich ließ mir nicht anmerken, dass Henning mir von dieser Begebenheit bereits erzählt hatte.

»Seit wann bist du denn für diese Bunker, wie du sie früher immer genannt hast?«

Ich konnte mich noch gut daran erinnern, wie abfällig sich Opa Paul über die Hochhäuser an der Wyker Promenade geäußert hatte. Für ihn waren das architektonische Sünden, die die ganze Insel verschandelten.

Opa Paul winkte ab.

»Das wird kein Bunker. Das Hotel ist einem alten Kapitänshaus nachempfunden. Wird ganz schick, wenn es mal fertig ist. Sie haben mich gefragt, ob ich mir vorstellen könnte, hie und da ein wenig auszuhelfen«, druckste er herum.

Nach hie und da klang das für mich nicht. Aber wenn er glücklich damit war, dann war ich es auch.

»Ich meine, Henning gesehen zu haben.«

Kaum dass mir die Worte über die Lippen gekommen waren, hätte ich sie am liebsten wieder zurückgenommen.

Opa Paul war weder auf Käthe noch auf ihre Verwandtschaft gut zu sprechen. Dementsprechend verfinsterte sich seine Miene schlagartig.

»Mit dem Pack hab ich nichts am Hut.«

Damit erhob er sich von seinem Platz, schob den Stuhl an den Tisch und trug sein Brett nebst dem Glas und dem Besteck zur Spüle. Das Essen war hiermit beendet.

»Ich wollte dich nicht verärgern«, versuchte ich zu retten, was noch zu retten war.

»Das hast du auch nicht, mein Kind. Ich muss mich jetzt hinlegen. Der Tag war lang«, sagte er und drehte dabei den Wasserhahn auf.

»Lass mich das machen!«, bot ich an und erhob mich ebenfalls von meinem Platz.

Dankend nahm Opa Paul mein Angebot an. Dann verabschiedete er sich von mir und ging in Richtung der Tür. Auf der Schwelle wandte er sich noch einmal zu mir um.

»Geh doch die Straße runter zum Wasser und vertritt dir am Strand ein wenig die Beine. Zu dieser Abendstunde wirst du deine Ruhe haben und wunderbar nachdenken können. Glaub mir, ich hab es schon unzählige Male getan.«

»Und? Hat es geholfen?«

Achselzuckend überlegte er.

Doch die Antwort darauf, ob seine Runden am Wasser zu einem Ergebnis geführt hatten, blieb er mir schuldig.

Kapitel 6

Am nächsten Morgen wurde ich durch lautes Geschrei geweckt. Die Nacht war unruhig und schlaflos gewesen. Erst in den frühen Morgenstunden war ich schließlich eingeschlafen, nachdem ich mich darauf zu konzentrieren versucht hatte, nicht mehr nachzudenken.

Verschlafen öffnete ich zunächst ein Auge und blickte zum Fenster hinaus. Die Sonne schien in mein Zimmer – oder sollte ich eher von Opa Pauls Gästezimmer sprechen?

Für den Moment war es ruhig, sodass ich davon ausging, dass nun wieder Ruhe eingekehrt war. Dann hörte ich jedoch Opa Pauls sonore Stimme und verwarf den Gedanken, schnell wieder ins Land der Träume abzutauchen.

Routinemäßig griff ich nach meinem Handy. Das Display zeigte einige entgangene Anrufe meiner Mutter an. Auch Fritzy hatte versucht, mich zu erreichen. Nur Kai machte keine Anstalten, sich um mich zu bemühen. Bei unserer letzten Begegnung hatte er auf mich regelrecht erleichtert gewirkt, nun kein Versteckspiel mehr spielen zu müssen. Was für ein Mistkerl! Da musste ich Opa Paul ohne Wenn und Aber recht geben.

Nur mein Herz tat sich mit der neuen Situation noch ein wenig schwer. Es wollte nicht glauben, dass ich mich so in diesem Menschen geirrt hatte. Aber Irren war bekanntlich menschlich. Warum sollte ich eine Ausnahme darstellen?

Doch bevor ich weiter an meine gescheiterte Beziehung denken konnte, wurden die Geräusche vor der Tür so laut, dass ich kurzerhand die Bettdecke zurückschlug, in meine Jeans schlüpfte und mir einen Pulli überzog. Barfuß stapfte ich nach draußen in den Flur und hielt geradewegs auf die geöffnete Haustür zu. Als ich in die Küche spähte, sah ich Opa Pauls dampfenden Kaffeebecher. Nur von ihm fehlte jede Spur. Dabei war es der Uhr an der Wand nach zu urteilen gerade mal halb sieben. Viel zu früh, wenn es nach mir ging.

Gähnend setzte ich meinen Weg fort und blieb mit meinem Fuß an der Garderobe hängen. Auch diese hatte Opa Paul selbst gebaut. Aus massivem Echtholz. Kein billiges Imitat. Dementsprechend unangenehm war die Erfahrung.

Schmerzerfüllt hüpfte ich auf der Stelle und stolperte dabei im Flur umher.

»So ein Mist!«, fluchte ich und humpelte weiter in Richtung der Geräuschkulisse, die sich in der Zwischenzeit leider nicht reguliert hatte, sondern noch eine Spur lauter geworden war.

»… das wird Folgen haben. Merk dir das. Keiner betritt mein Grundstück, wenn ich das nicht möchte.«

Bei Opa Pauls harschen Worten hielt ich inne. Inzwischen konnte ich mir gut vorstellen, was vorgefallen war.

Er musste bemerkt haben, dass Käthes Fahrrad nicht mehr in seinem Schuppen stand.

»Wenn du glaubst, ich lass mir das Fahrrad klauen und suche es nicht, dann bist du schief gewickelt, mein Lieber.«

Käthe schien sich von den Tiraden meines Großvaters nicht im Mindesten beeindrucken zu lassen. Wenn ich es mir recht überlegte, dann klang sie sogar ein wenig amüsiert. Ich konnte zwar nicht nachvollziehen, wie man bei dem ganzen Gezeter so ruhig bleiben konnte, wollte es aber auch gar nicht. Die beiden folgten mit ihren Streitigkeiten einem eigenen Muster. Einem Muster, das für Außenstehende gänzlich unverständlich war.

»Ich habe dein Fahrrad nicht geklaut, sondern sichergestellt, da es an meinem Zaun gelehnt hat. Und das nicht zum ersten Mal«, wetterte Opa Paul dagegen und klang dabei nicht ganz so entspannt wie unsere Nachbarin.

»Hey, ihr beiden! Ich weiß, dass ihr diesen Streit am Morgen braucht wie andere ihren Frühstückskaffee. Aber könnten wir uns heute darauf einigen, dass ich der Böse war, der das Fahrrad zurückgeholt hat, und die Sache auf sich beruhen lassen? Es gibt Menschen in dieser Straße, die gerne ausschlafen würden. Ich zähle mich zu ihnen und würde mich gerne wieder ins Bett legen.«

Henning meldete sich zu Wort. Gerade als ich bei Opa Paul ankam, tauchte er auf dem Nachbargrundstück neben Käthe auf. Am Leib trug er nichts weiter als Boxershorts. Und ich behielt recht: Er hatte ein Sixpack. Sogar ein recht ausgeprägtes, das ihm bei näherer Betrachtung ausgesprochen gut stand.

»Guten Morgen, Meike«, rief er zu mir rüber und winkte mir dabei übermütig zu.

Sein leicht gewelltes Haar stand in alle Richtung von seinem Kopf ab, aber das machte ihn nur umso verführerischer.

»G-guten M-morgen«, stotterte ich verlegen, als ich mir der Tatsache bewusst wurde, dass mein Haar sicher auch in alle Himmelsrichtungen abstand und ich im Gegensatz zu Henning vermutlich nicht so sexy aussah.

»Meike, geh wieder ins Bett. Ich muss hier nur schnell was mit Käthe klären. Das Übliche. Du weißt ja, wie diese Frau mich seit Jahrzehnten auf die Palme bringt.«

Und das, obwohl mein Großvater in seinem ganzen Leben keine einzige Palme je zu Gesicht bekommen hatte.

»Könnt ihr das nicht später miteinander besprechen. Ich wollte gerade … Pancakes backen.«

Opa Paul sah mich mit großen Augen an.

»Was soll denn das sein? Hört sich nach einer Krankheit an, wenn du mich fragst.«

Prompt begann Henning auf der gegenüberliegenden Seite des Gartenzauns so laut zu lachen, dass mir die Zornesröte bis unter den Scheitel ins Gesicht schoss.

»Das sind kleine Pfannkuchen«, erklärte ich bemüht ruhig.

»Pfannkuchen zum Frühstück? Die Großstädter wieder.«

Opa Paul winkte ab.

»Hast du schon mal was von Pfannkuchen zum Frühstück gehört, Käthe?«

Diesmal unterhielt er sich in einem ganz normalen Tonfall mit seiner Nachbarin. Vergessen schien die Sache mit dem Fahrrad. Dann hatte es zumindest ein Gutes, dass ich mich hier zum Deppen machte.

»Nein, die sind mir zum Frühstück noch nie untergekommen«, erwiderte sie kopfschüttelnd.

»Nachdem das geklärt ist, kann ich ja wieder zurück ins Bett.«

Henning wollte gerade auf dem Absatz kehrtmachen, als seine Großmutter ihn zurückhielt.

»Ist noch Kaffee da?«, fragte ich, um Opa Paul mit einem probaten Mittel zurück ins Haus zu locken.

Mit neumodischem Schnickschnack war der Gute definitiv nicht zu ködern.

»Aber natürlich. Ich habe gleich eine ganze Kanne gekocht, nachdem du mir gestern Abend erzählt hast, was bei dir gerade los ist. Schön stark ist er geworden. Genau, wie du ihn magst.«

Zwar trank ich meinen Kaffee für gewöhnlich nicht so stark, und vor allem mit Milch und Zucker, allerdings wollte ich die Geste meines Großvaters nicht schmälern. Das war seine Art, mir zu sagen, wie wichtig ich ihm war und dass er mir die letzten Jahre nicht krummnahm. Ein riesengroßer Steinbrocken fiel mir bei dieser Erkenntnis vom Herzen. Das tat gut. Das tat sogar verdammt gut.

»Klingt ganz nach meinem Geschmack«, erwiderte ich und wollte Opa Paul zurück ins Haus folgen, als ich bemerkte, dass Henning noch immer an Ort und Stelle verharrte und mich durchdringend ansah.

»Ist noch was?«, fragte ich ketzerischer zurück, als ich wollte.

Seine Stirn legte sich in Falten. Nur ganz leicht.

»Schön, dass du wieder da bist, Meike.«
Mit diesen Worten ging er zurück ins Haus.

Kapitel 7

Ein Leben neu zu strukturieren, beinhaltete den Vorsatz, es neu strukturieren zu wollen. Was ich nicht tat. Aber musste, da ich durch äußere Faktoren dazu gezwungen wurde. Weder hatte ich es mir ausgesucht, meinen Job zu verlieren, noch hatte ich es befürwortet, dass mein Verlobter mich hinterging. Dementsprechend drehte ich mich seit Stunden zumindest gedanklich im Kreis. Kurzerhand beschloss ich, mir am Strand ein wenig den Kopf freipusten zu lassen. Die Weite des Meeres bot meinen Gedanken den nötigen Raum, um sich auszubreiten und spazieren zu gehen.

Zum Baden war es noch zu kalt. Auch war das Wasser mal wieder verschwunden. Es herrschte Ebbe, und das nicht nur in meinem Portemonnaie. Noch dominierten die Strandkörbe nicht den Strand, da die Saison erst im Mai begann. Dann war es vorbei mit der Ruhe in der friesischen Karibik.

Über die Strandstraße, in der Opa Paul wohnte, gelangte ich direkten Weges an den Strand und marschierte in

Richtung Goting Kliff, einem wunderschönen Sandstrand mit hoher Steilküste.

Am Strand angekommen, stellte ich schnell fest, dass ich nicht die Einzige war, die sich hier Zerstreuung suchte. Doch es waren nur vereinzelt Spaziergänger zu sehen. Nicht vergleichbar mit den Sommermonaten, in denen man teilweise zusehen musste, noch einen Platz für sein Handtuch zu finden.

Als meine Gedanken abermals zu kreisen begannen, entschied ich mich, Fritzy anzurufen. Mir lag zwar ihr aktueller Dienstplan nicht vor, allerdings wollte ich dennoch mein Glück versuchen. Es würde mir guttun, mit jemandem zu reden, dem ich wichtig war.

Meine Abreise aus München war so überstürzt, dass ich kaum Zeit hatte, mich darauf vorzubereiten. Im Nachhinein tat es mir leid, dass ich mich von meinen Freundinnen nicht verabschieden konnte. Aber das Atmen war mir dort schwergefallen. Ich musste weit weg von Kai und den Problemen, die mich zu erdrücken drohten. Ich wusste, dass Fritzy und Leni mich verstanden. Schließlich täte ich das Gleiche, wären sie in einer ähnlichen Lage.

Ein Freizeichen in der Leitung ertönte. Ein gutes Zeichen. Fritzys Handy war an. Als sie nach dem dritten Läuten jedoch noch immer nicht abgenommen hatte, schwand meine Hoffnung.

Mein Blick ging hinaus aufs Meer. Das Wasser hatte sich weit zurückgezogen. Im Sommer war zu diesem Zeitpunkt das schmatzende Geräusch der unzähligen Gummistiefel und deren Besitzer zu hören, die sich auf eine geführte Wattwanderung von Dunsum auf Föhr zur Nordspitze auf der Nachbarinsel Amrum aufmachten. Nicht weniger als acht Kilometer musste man dafür zurücklegen. Die meisten taten es gerne.

Auch wenn ich einige Jahre meines Lebens auf Föhr gelebt hatte, fand ich es nach wie vor faszinierend, wie das Wasser verschwand und später wiederkam. Ebbe und Flut würden wohl nie ihren Reiz für mich verlieren, auch wenn Kai nicht müde geworden war, mir diesen Umstand madig machen zu wollen.

Er war ohnehin viel lieber ans Mittelmeer gereist. Dort konnte man baden, wann immer man wollte, und musste sich nicht nach den Zeiten von Ebbe und Flut richten. Auch nach mir hatte er sich wenig gerichtet, wenn er Bootstouren gebucht oder Surfstunden organisiert hatte. Schließlich hatte er es ja immer nur gut gemeint. Als ich einmal zu bedenken gab, dass ich viel lieber am Strand gelegen und ein Buch gelesen hätte, hatte er mich ohne Vorwarnung ausgelacht.

War daran schon abzulesen gewesen, dass wir nicht zueinanderpassten? Und passten wir wirklich nicht zueinander oder war Kai trotzdem fremdgegangen?

»Ja?«

Eine verschlafene Stimme meldete sich unerwartet. Ich hatte ganz vergessen, dass ich das Telefonat nicht abgebrochen hatte.

»Fritzy?«, fragte ich nach, da ich mir nicht ganz sicher war, ob sie es wirklich war.

»Wer möchte das wissen?«, hakte sie nach.

»Hier ist Meike. Hab ich dich geweckt?«

Ein undefinierbarer Laut war zu hören.

»Ich bin gestern nach New York geflogen. Hier ist es mitten in der Nacht«, erklärte sie.

Schon bekam ich ein schlechtes Gewissen, weil ich sie aus dem Bett geklingelt hatte.

»Das tut mir leid, Fritzy. Schlaf einfach weiter. Okay? Ich melde mich die Tage bei dir.«

Ich wollte das Gespräch bereits beenden, als abermals ein knarzender Ton in der Leitung zu hören war.

»Passt schon! Jetzt bin ich wach. Da können wir auch die Zeit nutzen und ein bisschen quatschen. Wie geht's dir? Leni hat mir erzählt, dass du gut auf Föhr angekommen bist. Wie ist es bei deinem Großvater?«

Ich seufzte und beobachtete zwei Möwen am Strand, die suchend herumstaksten und die nahende Sommersaison sicherlich kaum noch erwarten konnten. Dann fanden die beiden leichter Nahrung und mussten sich nicht selbst in die Wellen schlagen. Besonders dann nicht, wenn die gar nicht da waren.

»Ach, ganz gut, denke ich. Es ist schwierig zu sagen, wie ich mich gerade fühle, weil die ganze Situation echt verrückt ist. Ich kann noch immer nicht glauben, was in den letzten Tagen passiert ist. Ich meine, manchmal vergeht ein Jahr und alles bleibt beim Alten. Und dann verändert sich dein Leben in nur wenigen Stunden und du hast keine Chance, den Reset-Button zu drücken. Weißt du, was ich meine?«

Fritzy unterdrückte ein Gähnen.

»Absolut! Ich wüsste nicht, wie ich reagieren würde, wenn mir Felix kurz vor der Hochzeit so übel mitspielen würde. Zwar sind wir meilenweit davon entfernt zu heiraten, aber jetzt, wo wir endlich zusammenziehen wollen, hoffe ich, dass er keinen Mist baut, während ich hier in New York bin.«

»Herzlichen Glückwunsch! Das wusste ich ja noch gar nicht. Felix ist die treueste Seele, die ich kenne. Der würde dir nie und nimmer untreu werden. Da bin ich mir ganz sicher«, entgegnete ich.

Und das sagte ich nicht nur, weil Felix mir mit seinen knallbunten Socken und dem verstrubbelten Lockenkopf schon immer sehr sympathisch war. Nein, das sagte ich, weil ich es ehrlich glaubte.

»Sag niemals nie«, erwiderte Fritzy.

Leider musste ich Fritzy recht geben, ich hätte nie gedacht, dass Kai mich hintergehen könnte. Sein Betrug hatte mich gänzlich unvorbereitet erwischt. Aber wie hätte ich mich darauf auch vorbereiten können?

»Stimmt die Geschichte mit der Honigfalle?«, hakte Fritzy nach und wirkte dabei nicht mehr ganz so müde.

»Ja, leider. Meine Mutter hat sich mal wieder eingemischt.«

Einerseits war ich noch immer sauer auf sie, weil sie meinem Verlobten eine sexy Blondine auf den Hals gejagt hatte und dieser schwach geworden war. Andererseits – und diesen Teil würde ich ihr gegenüber nicht freiwillig zugeben – war ich ganz froh darum, dass ich mit Kais Fremdgehversuch nicht erst nach der Hochzeit konfrontiert worden war. Schließlich hatte er mir selbst bestätigt, dass er sich plötzlich eingeengt gefühlt hatte und nicht mehr sicher war, ob das mit uns das Richtige für ihn war.

Ein Pärchen in Gummistiefeln zog an mir vorbei ins Watt. Sie hielten Händchen und strahlten sich immer wieder an. Musste Liebe schön sein! Dennoch hoffte ich, dass sie nicht vergaßen, wie extrem gefährlich Wattwanderungen waren. Jedes Jahr aufs Neue mussten Touristen gerettet werden, da sie im Schlick feststeckten oder vom Wasser überrascht wurden.

»Das ist echt so krass, was Ursula sich da geleistet hat. Ist sie auch auf Föhr?«

Ich schüttelte vehement den Kopf.

»Natürlich nicht. Ich habe ihr nicht mal gesagt, dass ich München verlassen habe. Zwischen uns herrscht Funkstille, auch wenn sie täglich versucht, mich zu erreichen. Ich nehme ihre Anrufe nicht an.«

»Richtig so! Sie soll sehen, was sie da angerichtet hat. Sie kann sich nicht einfach so in dein Leben einmischen, wie sie möchte. Schließlich hat sie dich auch lange genug dir selbst überlassen. Nur, weil sie plötzlich Interesse an deinem Leben hat, gibt ihr das noch lange nicht das Recht, sich so viel Präsenz darin zu verschaffen.«

Es stimmte: Meine Mutter hatte sich erst dann für mich interessiert, als ich ihr von meiner bevorstehenden Hochzeit erzählt hatte. Vorher war unser Kontakt mehr als lose gewesen. Besonders in ihrer Zeit in Indien hatten wir kaum etwas voneinander gehört. Ich hatte nicht mal ihre Adresse, weil sie ständig herumgereist war.

»Wie ist Föhr?«, wechselte Fritzy unvermittelt das Thema, wofür ich ihr sehr dankbar war.

Denn meine Mutter war gerade wie ein rotes Tuch für mich.

»Noch sehr ruhig. Die Saison startet erst«, erwiderte ich wie ein Ratgeber.

Fritzy lachte.

»Mir geht es nicht um die Touristen, Meike. Mir geht's um dich.«

»Es hat sich nicht wirklich viel verändert. Opa Paul ist noch immer sehr eigensinnig. Aber er hat mir nicht vorgeworfen, dass ich mich so lange nicht bei ihm gemeldet habe. Im Gegenteil, ich glaube, er freut sich sogar, dass ich hier bin. Eben auf seine Weise.«

»Na ja, er hätte sich ja auch bei dir melden können«, warf Fritzy ein.

»Schon, aber dafür ist er nicht der Typ. Er greift nicht einfach zum Hörer und ruft jemanden an. Ich kann mich nicht daran erinnern, ihn öfter als drei-, viermal telefonieren gesehen zu haben. Außerdem ist er eben … so wie er ist.«

Zu erklären, wie Opa Paul tickte, der ihn nicht persönlich kannte, war ähnlich schwierig, wie sich ausgelassen über Albert Einsteins Relativitätstheorie zu unterhalten, wenn man keinen blassen Schimmer davon hatte.

Man musste sich in die Materie einarbeiten, in Opa Pauls Fall hieß das, sich mit ihm auseinanderzusetzen und ihn in Aktion zu erleben. Alles andere führte zu nichts.

»Und sonst? Hast du schon jemanden von früher getroffen? Was ist mit diesem Hendrik, von dem du mal erzählt hast? Lebt der noch auf der Insel?«

Fritzy war eine sehr gute Zuhörerin. Sie merkte sich die vermeintlich unwichtigsten Informationen und zog sie zu gegebener Zeit wie ein Zauberer das weiße Kaninchen aus dem Zylinder. Nur das mit den Details war nicht so ihre Stärke.

»Henning. Er heißt Henning. Und er hat nie auf der Insel gelebt. Zumindest früher nicht. Jetzt lebt er wohl hier. Ich bin ihm kurz begegnet.«

Beim Gedanken an unser erstes Aufeinandertreffen nach all der Zeit, in der wir uns nicht gesehen hatten, trieb es mir augenblicklich die Schamesröte ins Gesicht. Hatte ich ihm wirklich meinen Mageninhalt auf die Schuhe gekippt? Kopfschüttelnd stand ich da und versuchte mich der Bilder vor meinem geistigen Auge zu entledigen.

»Definiere *kurz*!«

Fritzy klang nun wacher, als ich mich fühlte.

»Auf der Fähre … Nichts Besonderes … Und in Opa Pauls Schuppen … Und heute Morgen nach dem Aufwachen.«

»Das ist nicht *kurz*. Das ist *oft*. Und wie darf ich deinen letzten Satz deuten?«

Fritzy wurde hellhörig.

»Das ist nicht so, wie du denkst.«

Ich klärte sie über das Verhältnis von Oma Käthe und Opa Paul auf.

»Heute war es mal wieder so weit. Henning und ich sind von den Zankereien der beiden wach geworden und haben versucht, zwischen ihnen zu vermitteln. Davor hat er in seinem und ich in meinem Bett geschlafen.«

Fritzy lachte.

»Warum habe ich dann das Gefühl, dass du es nicht schlimm gefunden hättest, wenn er bei dir übernachtet hätte?«

Fritzy hatte mich durchschaut. Und das durchs Smartphone hindurch, ganz ohne Videocall.

Bevor ich Fritzy antwortete, setzte ich meinen Weg fort. Ich musste mich bewegen, weg von dem Pärchen, das sich nach wie vor verliebt anschmachtete.

»Henning hat sich in den letzten Jahren definitiv verändert. Er ist … männlicher geworden und erwachsener«, bemühte ich mich, diplomatisch an die Sache heranzugehen.

»Definiere *männlicher*! Hat er ein Sixpack?«

Nun konnte ich mir ganz sicher sein, dass Fritzy die Nacht über kein Auge mehr zumachen würde. Denn sobald unser Telefonat beendet war, würde sie Leni anrufen und ihr brühwarm erzählen, was sie soeben in Erfahrung gebracht hatte.

»Auch«, erwiderte ich einsilbig.

Fritzy lachte abermals.

»Kann es sein, dass du immer noch Gefühle für diesen Hendrik hast?«

»Henning. Nein! Ganz sicher nicht. Henning und ich, wir haben uns fast fünfzehn Jahre nicht gesehen. Damals waren wir Kinder. Und als er dann von einem auf den anderen Tag … Das ist schon so lange vorbei. Henning hat sein Leben gelebt und ich meins. Es gibt keinerlei Überschneidungen. Und wenn Kai keinen Mist gebaut hätte, dann wäre ich nicht auf Föhr. Wir hätten uns womöglich nie wiedergesehen.«

»Schicksal!«

Mit diesem einen Wort war für Fritzy alles gesagt. Sie war nämlich felsenfest davon überzeugt, dass das ganze

Leben vorherbestimmt war. Gleich würde sie mir vermutlich erklären, dass Kai mich betrügen musste, damit ich Henning wiedersehen und mich neu in ihn verlieben konnte, oder dergleichen.

Manchmal fragte ich mich, wie Fritzy nach all den Fröschen, die sie in ihrem Leben geküsst hatte, davon ausgehen konnte, dass es so etwas wie ein wie auch immer geartetes Schicksal gab. Oder war sie überzeugt, dass sie Felix sonst nie über den Weg gelaufen wäre?

»Zufall. Es ist nichts weiter als ein Zufall«, behauptete ich.

»Und aufgrund eines Zufalls seid ihr euch also innerhalb von nur vierundzwanzig Stunden bereits dreimal über den Weg gelaufen? Glaub es oder nicht, Meike, aber mit diesem Hendrik ist mehr drin.«

»Henning«, erwiderte ich so laut, dass ich selbst ein wenig bei der Nennung seines Namens zusammenzuckte.

»Sag ich doch.«

Fritzy war unbelehrbar.

»Henning ist vielleicht durchtrainiert, groß, sieht verwegen aus und hat dieses gewisse Etwas, aber er ist … Er ist …«

»Was bin ich?«, fragte plötzlich eine Stimme ganz in der Nähe.

Ich hatte nicht mal bemerkt, dass ich nicht allein war.

»Ich … muss jetzt Schluss machen«, wimmelte ich Fritzy ab.

»Hey! Wer war das? Du kannst doch nicht einfach …«

Mit einem schlechten Gewissen drückte ich meine Freundin weg und steckte das Telefon in meine

Manteltasche. Wenn man bedachte, dass Fritzy mitten in der Nacht bereit war, mit mir zu sprechen, während ich sie bei nächster Gelegenheit aus der Leitung warf, war mein Vorgehen herzlos.

Aber ich hatte nicht ahnen können, dass ich während des Gesprächs, in dem ich auf Henning zu sprechen kam, ebendiesem direkt in die Arme laufen würde. Mal wieder.

»Nett«, sagte ich schließlich, als Henning mich nach wie vor durchdringend ansah.

Ein schiefes Grinsen zeichnete sich auf seinen Lippen ab.

»So, ich bin also nett. Na, da haben mir die anderen Dinge, die du über mich gesagt hast, deutlich besser gefallen.«

Lachend sah er mich an.

Shit! Er hatte alles mitangehört. Bis eben dachte ich noch, er hätte nur meine letzten Worte gehört und ich könnte mich elegant aus der Affäre ziehen. Da hatte ich meine Rechnung offenbar ohne das Schicksal gemacht. Oder den Zufall.

»Was ist das hier?«, fragte ich, um das Thema schnellstmöglich zu wechseln.

Erst jetzt bemerkte ich, dass ich Henning nicht nur zufällig oder schicksalhaft – jeder möge selbst entscheiden, was zu unserer Begegnung geführt haben mochte – am Strand bei einem Spaziergang über den Weg gelaufen war. Vielmehr stand er vor einem Häuschen, vor dem unzählige Surfbretter und Neoprenanzüge aufgereiht waren. Über der Tür hing ein Schild: »Surfschule Albers«.

»Ist das etwa …«

»Genau das ist es. Meine eigene Surfschule«, erwiderte Henning mit einem gewissen Stolz in der Stimme.

»Das ist doch das, was du schon immer wolltest. Ich freue mich, dass es geklappt hat. Ehrlich!«

Henning lachte abermals.

»Du hast recht. Als ich noch grün hinter den Ohren war, da habe ich schon mal mit dem Gedanken gespielt, mir hier eine eigene Surfschule aufzubauen. Aber das war mehr ein Hirngespinst. Allerdings können auch Hirngespinste zu Lebensgrundlagen werden, wenn alles andere den Bach hinuntergeht.«

Als Henning nicht weitersprach, trat eine unangenehme Stille zwischen uns ein. Ich wusste nicht recht, was ich darauf erwidern sollte. Besonders sein letzter Halbsatz ließ den Schluss zu, dass er es in der Vergangenheit nicht leicht gehabt hatte. Allerdings kannten wir uns inzwischen nicht mehr wirklich. So erschien es mir nicht angebracht, nachzufragen, was er damit meinte. Stattdessen schwieg ich und suchte krampfhaft nach einem weiteren unverfänglicheren Thema.

»Auf einem Surfbrett sehe ich aus wie ein aufgetautes Fischstäbchen«, erklärte ich und Henning lachte lauthals los.

»Das ist alles eine Sache der Übung. Ich war auch nicht immer so gut, wie ich es heute bin.«

»Hört, hört! Noch nie was von Eigenlob stinkt gehört?«

Henning knuffte mich in die Seite. Die Berührung kam unerwartet und fühlte sich merkwürdigerweise vertraut an. Dabei war es Jahre her – ließ man den Zwischenfall auf der Fähre außer Acht –, dass wir uns so nahegekommen waren.

»Es ist nichts als die Wahrheit. Du kannst dich gerne selbst davon überzeugen. Allerdings solltest du dafür am besten mit aufs Wasser kommen. Aus der Entfernung kann man das nicht so gut einschätzen.«

Er zwinkerte mir vielsagend zu.

»Hast du das aufgetaute Fischstäbchen vergessen?«, gab ich zu bedenken.

»Das bringen wir schon in Form«, behauptete er und grinste dabei.

»Es freut mich ehrlich, dass du deinen Traum zum Beruf machen konntest.«

Henning sah mich mit leicht gefurchter Stirn an.

»Das klingt so, als wäre das bei dir nicht der Fall. Was ist passiert?«

Schulterzuckend stand ich da.

»Mein Professor hat meinen Arbeitsvertrag nicht verlängert.«

Es klang wie eine sachliche Feststellung, beinhaltete aber nicht weniger als den Grund für mein Hiersein. Neben der Sache mit Kai.

»Das ist bitter. Und es tut mir sehr leid für dich. Bist du deshalb auf Föhr? Um dir Gedanken zu machen, was nun werden soll?«

Ohne meine Antwort abzuwarten, schaute Henning hinaus aufs Meer, das allmählich wieder zurückkam. Zwar noch recht langsam. Aber immerhin.

»Auf Föhr gehen die Uhren anders. Gemächlicher und menschlicher. Irgendwie. Du wirst sehen, bald kommt dir die Einsicht, wie es weitergehen kann. Da bin ich mir sicher. War bei mir ganz ähnlich. Sieh dir an, was aus mir geworden ist.«

Henning deutete erst auf sich und dann auf die Surfschule in seinem Rücken.

»Vielleicht hast du recht. Ich werde wohl … noch ein bisschen Zeit brauchen«, räumte ich ein und machte Anstalten, weiterzugehen.

Als ich mich verabschiedet und schon einige Schritte zurückgelegt hatte, hörte ich Henning in meinem Rücken rufen:

»Verwegen hat mich übrigens noch niemand genannt. Das schreib ich mir gleich mal in mein Notizbuch.«

Wenn ich bisher noch nicht bis zur Gänze Klarheit darüber hatte, was Henning alles aus dem Gespräch zwischen Fritzy und mir mitbekommen hatte, konnte ich mir nun sicher sein: alles.

Kapitel 8

Als ich vom Strand in die Strandstraße einbog, war ich noch immer in Gedanken versunken. Unter die Erlebnisse aus München mischten sich nun die Begegnungen mit Henning und dieses merkwürdige Gefühl, das ich in seiner Nähe verspürte. Wir kannten uns nicht mal wirklich, hatten es nie und dennoch fühlte ich mich wohl bei ihm. Während ich auf der Insel gelebt hatte, war Henning lediglich in den Ferien hier gewesen, um seine Großmutter zu besuchen.

Verrückt, wie sich das Blatt gewendet hatte. Nun war er derjenige von uns beiden, der in Nieblum wohnte, während ich nur zu Gast war. Zufall? Schicksal? Oder einfach der ganz normale Wahnsinn?

»Gut, dass du endlich kommst. Ich sitze hier schon eine halbe Ewigkeit und warte darauf, dass mir jemand die Tür aufmacht. Ganz schön unbequem ist das. Und eine Zumutung.«

»Mama? Woher wusstest du, wo ich bin?«, fragte ich ungläubig und blinzelte mehrfach mit den Augen.

Noch hatte ich die Hoffnung, bei dem, was ich sah, könnte es sich um eine Fata Morgana handeln.

»Natürlich! Wer denn sonst? Und wo hättest du dich verstecken sollen, wenn nicht bei deinem Großvater in diesem vermaledeiten alten Kapitänshaus? Und jetzt komm endlich her und mach mir die Tür auf. Ich bin schrecklich müde von der Reise und brauche dringend eine Dusche und ein Bett. Worauf wartest du noch?«

Leider sah ich meine Mutter nach wie vor gestochen scharf vor mir. Das mit der Fata Morgana musste ich mir schweren Herzens abschmieren.

Weil ich keinen großen Wert drauf legte, zum Inselgespräch zu mutieren, öffnete ich das Gartentor, schritt hindurch und hielt zielstrebig auf meine Mutter zu.

»Was machst du hier?«, fragte ich sie, einem Nervenzusammenbruch nahe.

Das Letzte, was ich jetzt gebrauchen konnte, war meine Mutter.

»Mich nach dir und deinem Befinden erkundigen, natürlich. Schließlich gehst du seit Tagen nicht mehr an dein Telefon. Ich habe mir Sorgen um dich gemacht, du bist doch mein einziges Kind.«

Sofort bekam ich ein schlechtes Gewissen. Sie meinte es nur gut.

»Außerdem gibt es neue Erkenntnisse aus der Agentur.«

Irritiert sah ich sie an und wartete darauf, dass sie erklärte, welche Agentur sie meinte.

»Du weißt schon, die Agentur, die Kai ins Bockshorn gejagt hat. Offenbar hat die Dame, die sie auf Kai angesetzt haben, die Bilder nur gestellt. Sie ist bei einem anderen, ganz ähnlichen Fall aufgeflogen und wurde kurzerhand entlassen. Dabei kam auch der Abend mit Kai zur Sprache.«

Meine Mutter war keine fünf Minuten in meiner Gegenwart und schon schwirrte mir wieder der Kopf. So viel also zur belebenden Seeluft an der Nordsee. Die konnte auch nur helfen, wenn man sich vollumfänglich darauf einlassen konnte.

»Lass uns besser erst mal hineingehen«, wich ich aus und öffnete die Tür.

Dankenswerterweise nahm ich zur Kenntnis, dass Opa Paul nicht mehr da war. Das Aufeinandertreffen zwischen den beiden stellte ich mir schrecklich vor. Sie hatten sich schon während der Ehe meiner Eltern wenig bis gar nichts zu sagen gehabt. Opa Paul machte eben keinen Hehl daraus, wenn er Menschen nicht leiden konnte. Manchmal wünschte ich mir, ich könnte mir eine Scheibe von ihm abschneiden.

»Hier ist es aber ganz schön muffig. Und so dunkel. Die Möbel sehen auch aus, als wären sie aus der Zeit gefallen. Paul ist wohl nie auf die Idee gekommen, sich ein wenig moderner einzurichten. Schade, denn im Grunde hat dieses alte Kapitänshaus sehr viel Charme. Leider überträgt er sich nicht auf den Besitzer.«

Das konnte ja noch heiter werden zwischen Mama und Opa Paul. Sie würde auch in seiner Gegenwart kein Blatt vor den Mund nehmen. Das war so sicher wie das Amen in der Kirche. Die ruhigen Zeiten auf Föhr hatten nun endgültig ein Ende. Wenn ich davon bisher auch nicht so viel mitbekommen hatte. Schließlich war die Begegnung mit Henning nach all den Jahren alles andere als ruhig. Vielmehr fühlte es sich wie ein Feuerwerk in dunkler Nacht an, bei dem die buntesten und hellsten Farben das triste Schwarz des Himmels aufmischten.

»Du kannst dir gerne ein Hotelzimmer oder eine Ferienwohnung nehmen. Es ist noch Vorsaison, du solltest also problemlos etwas finden.«

Tatsächlich wäre ich sogar bereit, ihr dabei zu helfen.

»Willst du mich etwa loswerden? Mein eigenes Kind, um das ich mich so aufopferungsvoll gekümmert habe, und dann so was. Ich bin doch nur hier, weil ich mir Sorgen um dich mache und dir mitteilen wollte, dass das mit Kai offenbar nicht ganz so schlimm ist, wie ich zunächst befürchtet hatte. Wenn ich dich ans Telefon bekommen hätte, dann wäre mir diese strapaziöse Reise erspart geblieben.«

Meine Mutter rollte mit ihrem Koffer an mir vorbei und steuerte wie selbstverständlich mein altes Jugendzimmer an. Noch ehe ich etwas sagen konnte, war sie auch schon darin verschwunden. Um ihr und vor allem mir die Gelegenheit zu geben, erst mal anzukommen, setzte ich mich auf die Eckbank in der Küche, goss mir aus der Thermoskanne eine heiße Tasse Kaffee ein und überlegte, was nun zu tun wäre.

Sollte ich mich bei Kai melden und ihm von den neuen Erkenntnissen berichten? Aber warum sollte ich das tun? Schließlich ging es mittlerweile nicht mehr nur um den vermeintlichen Betrug. Er hatte mir gegenüber eingestanden, dass er nicht mehr wusste, ob er das mit uns beiden überhaupt noch wollte. Alles war ihm zu viel geworden.

Doch anstatt mit mir darüber zu reden, war er lieber in diese vermaledeite Honigfalle getappt. Keine Ahnung, ob das schon alles gewesen war.

Gut möglich, dass er vor diesem Zwischenfall seine Chancen am Markt getestet hatte. Kai war gut aussehend, hatte einen gut bezahlten Job und stand bei jeder Party augenblicklich im Mittelpunkt.

So hatten wir beide uns damals bei der Studentenparty der Verbindung kennengelernt, zu der mich Leni im ersten Semester mitgeschleppt hatte. Kai war der Mann gewesen, nach dem sich alle Frauen umgesehen hatten. Jede wollte mit ihm tanzen, doch er hatte sich letztlich für mich entschieden. Zumindest nachdem er an diesem Abend mit einer anderen Studentin verschwunden war. Bei der übernächsten gemeinsamen Party fiel sein Blick auf mich. Und alles war gut. Oder?

Worüber ich bisher nie nachgedacht hatte: Vielleicht brauchte Kai das Gefühl der Bestätigung, das er nicht in einer festen Beziehung finden konnte. Was, wenn er in all unserer gemeinsamen Zeit immer wieder seine Fühler ausgestreckt hatte, um seine Lage zu checken?

Bei diesen und ganz ähnlichen Gedanken wurde mir abwechselnd heiß und kalt. Was, wenn meine Zeit mit ihm nichts anderes als ein Trugbild war? Konnte Kai überhaupt treu sein? Schließlich waren wir zusammengekommen, während er noch mit seiner Freundin zusammen war. Damals hatte ich mir eingeredet, dass es eben so gekommen war. Was aber, wenn Kai genau das so reizvoll fand?

Ich nahm einen ersten Schluck aus meiner dampfenden Tasse. Vor lauter Gedankenkarussell hatte ich ganz verschwitzt, wie stark der Kaffee war. Dummerweise hatte ich zudem noch Milch und Zucker vergessen. Am liebsten hätte ich das Gebräu in meinem Mund wieder ausgespuckt. Stattdessen schluckte ich es hastig hinunter, der Kaffee nahm offenbar die falsche Abzweigung und kratzte mich nun im Hals. Hustend schob ich den Becher weg, als stünde zu befürchten, er könnte mich jeden Moment aus dem Hinterhalt angreifen.

»Was ist passiert?« Prompt erschien meine Mutter, die sich ein Handtuch um den Körper und ein kleineres um die nassen Haare gewickelt hatte.

Noch bevor ich antworten konnte, klopfte sie mir wie eine Wahnsinnige auf den Rücken.

»Danke, es geht schon«, erwiderte ich röchelnd und hoffte, dass sie mir nicht noch mal mit ihrer vollumfänglichen Mutterliebe begegnete.

Davon hatte ich für den Moment genug.

»Hast du Kai in der Zwischenzeit angerufen?«, fragte sie mich und holte sich dabei wie selbstverständlich Opa Pauls Lieblingstasse aus dem Küchenbüfett, die mit dem kleinen Schiff darauf, die ich ihm mal zum Geburtstag geschenkt hatte. Ein Kapitän braucht schließlich ein Schiff, hatte ich ihm damals erklärt. Er hatte sich gefreut und trank seinen Kaffee seither nur aus dieser Tasse. Meine Mutter wusste das ganz genau. Aber diese Tatsache war ihr offenbar nicht heilig.

»Weshalb sollte ich ihn denn anrufen?«

Meine Mutter goss sich aus der Thermoskanne Kaffee in den Becher und trank ihn ohne Probleme. Offenbar war er gerade stark genug für sie. Aber das Böse schlief ja bekanntlich nie.

»Na, hast du mir denn gar nicht zugehört?«

Theatralisch warf sie die Arme in die Höhe und wirkte dabei, als würde sie das Gespräch mit mir schrecklich anstrengen.

»Das Foto mit Kai ist vielleicht gestellt worden«, erklärte ich ihr. »Allerdings hat er mir selbst gesagt, dass er nicht weiß, ob er unsere Beziehung überhaupt noch möchte, und mir geht es inzwischen ganz ähnlich. Ich kann nicht für etwas kämpfen, was er sich nicht auch wünscht. Und vor allem will ich keine unnötige Energie in eine Sache stecken, das bereits tot ist.«

Meine letzten Worte jagten mir eine Gänsehaut über den Körper. Zum allerersten Mal wurde ich mir der Tatsache bewusst, dass ein wichtiger Abschnitt meines Lebens zu Ende gegangen war, ohne dass ich es hätte kommen sehen. Aber so war das oft bei einschneidenden Erlebnissen. Man sah sie nur selten kommen und musste sich ihnen dennoch stellen. Ob man wollte oder nicht. Ich hatte eindeutig nicht gewollt. Aber wer hatte mich schon nach meiner Meinung gefragt?

Im Grunde trug meine Mutter eine gewisse Mitschuld daran, dass ich vor den Scherben meiner Existenz stand. Hätte sie diese Agentur nicht beauftragt … würde Kai noch immer lieber auf Abstand zu mir gehen, hätte es mir allerdings vermutlich nicht gesagt. Gleichzeitig musste ich ihr in gewisser Hinsicht sogar dankbar für ihre beherzte Aktion sein. Denn was war schon eine Ehe ohne Liebe?

»So kenne ich dich ja gar nicht. Sonst bist du doch immer diejenige, die nicht aufgibt und sich verbissen an eine Sache hängt. Wenn ich nur an deinen Umzug auf die Insel hier denke … Himmel und Hölle hast du in Bewegung gesetzt, weil du zu Opa in sein altes Kapitänshaus ziehen wolltest.«

Abfällig sah sie sich um, als wäre es ihr nach wie vor ein Rätsel, wie ich das hier allen Ernstes den anderen Alternativen hatte vorziehen können.

»Damals hätte ich mit dir nach Indien gehen oder mit Papa und seiner neuen Freundin zusammenziehen können. Beides nicht unbedingt Optionen, die mein bisheriges Leben nicht grundsätzlich aus den Angeln gehoben hätten. Da waren ein Schulwechsel und Föhr das kleinere Übel.«

Meine Mutter sah mich einen Moment still an.

»Touché! Vielleicht ist damals nicht alles so gelaufen, wie es hätte sein sollen. Dein Vater und ich, wir … hatten unsere Probleme und haben dabei zu sehr an uns gedacht. Das ist mir in Indien klar geworden. Allerdings bin ich nach wie vor der Überzeugung, dass dir etwas Zeit im Ashram durchaus gutgetan hätte. Ich bin danach ein neuer Mensch gewesen.«

Die kurzen blonden Locken meiner Mutter sprangen bei jedem ihrer Worte übermütig auf und ab. Überhaupt schien ihr ganzer Körper zu beben, während sie über ihre Zeit in Indien sprach.

Wenn ich sie so reden hörte, fragte ich mich inständig, warum sie zurückgekommen war. Meinetwegen? Oder war ihr am Ende doch einfach nur das Geld ausgegangen und sie hatte sich schweren Herzens von ihrem Glücksort abgewandt und war zurück in das Land gereist, das ihr keine Heimat zu sein schien.

»Ich denke, wir drehen uns im Kreis. Außerdem ist das alles schon so lange her.«

Wider Erwarten nickte meine Mutter und goss sich abermals etwas Kaffee in Opas Lieblingstasse.

»Was hast du jetzt vor?«

Eine berechtigte Frage, auf die ich jedoch selbst keine Antwort hatte.

»Ich muss mir erst über ein paar Dinge klar werden, bevor ich weiß, was ich möchte. Bis dahin werde ich wohl hier bei Opa Paul bleiben und ihm ein wenig unter die Arme greifen.«

Meine Mutter sah sich abermals zu allen Seiten hin um. Sicher waren ihr die Spinnweben in den Ecken und die Staubschicht auf den Möbelstücken nicht entgangen. Sie hatte ein Auge dafür.

»Ist vielleicht das Vernünftigste. Ein Mann in seinem Alter sollte nicht allein wohnen.«

Während sie das sagte, hoffte ich inständig, sie würde das niemals sagen, wenn Opa Paul anwesend war. Denn im Gegensatz zu ihr fand ich, dass er sich ganz wunderbar allein durchschlug. Zumindest wenn man nicht in jede Ecke schaute. Sicher hatte er auch seine einsamen Momente. Aber Opa Paul war niemand, der das zugegeben hätte.

»Steht mein Haus neuerdings jedem offen oder was ist hier los?«

Opa Pauls Stimme dröhnte durch den Raum und schickte mich augenblicklich in eine ausgedehnte Schockstarre.

»Blas dich mal nicht so auf, Paul! Schließlich bin ich Meikes Mutter. Und so ungern du es auch hören magst: Wir sind Familie.«

Während ich nach wie vor die Luft anhielt und jede Regung im Gesicht meines Großvaters genauestens beobachtete, schien meine Mutter herzlich unbeeindruckt zu sein.

Opa Paul winkte ab, als wäre sie eine lästige Fliege.

»Familie hält zusammen … in guten wie in schlechten Tagen. Du verlässt bei stürmischer See lieber das Deck, anstatt dich dem Wetter zu stellen.«

Wenn Opa Paul so redete, konnte man fast meinen, er wäre selbst einmal zur See gefahren. Dabei war er der Erste aus seiner Familie, der einen Handwerksberuf erlernt hatte und an Land blieb.

»Wenn du damit meinst, ich hätte mir das noch länger mitansehen sollen, wie Fiete seine Hände nicht bei sich lassen konnte, dann werden wir in diesem Punkt wohl nie einen Konsens finden. Ich war immer der Ansicht, dass man Problemen nicht aus dem Weg gehen sollte, aber was zu viel ist, ist zu viel. So, und jetzt sag ich dir mal …«

Die aufgeheizte Stimmung in der Küche behagte mir nicht. Außerdem kannte ich diese Diskussion schon in- und auswendig. Schließlich hatten die beiden sie bis dato jedes Mal geführt, sobald sie aufeinandertrafen. Man konnte fast die Uhr danach stellen.

Schnell verdrückte ich mich und ließ mich in meinem ehemaligen Jugendzimmer auf die Couch fallen. Zwar waren die Stimmen der beiden nach wie vor zu hören, allerdings hoffte ich, dass sich ihre Gemüter bald beruhigen würden.

Als die beiden jedoch auch noch Stunden später aufeinander einredeten und kein Ende fanden, ging ich in den Garten.

Die Nacht war sternenklar und daher recht kalt. Ich zog meinen Frühlingsmantel enger zusammen und schlang meine Arme um mich, während ich das Firmament nach den Sternenbildern absuchte, die mir Henning vor so vielen Jahren das erste Mal gezeigt hatte. Suchend fuhren meine Augen den Himmel ab, während der Wind aufbrauste und mich zurück ins Haus schieben wollte.

»Ganz schön was los bei euch«, meldete sich Henning vom Nachbargrundstück.

Erschrocken zuckte ich zusammen, weil mir nicht bewusst gewesen war, dass ich nicht allein war.

»Meine Mutter ist heute angereist«, erklärte ich und versuchte Hennings Gestalt auszumachen.

»Und damit offenbar eine Menge Probleme.«

Henning traf den Nagel ziemlich genau auf den Kopf.

»Die beiden haben kein besonders gutes Verhältnis zueinander.«

Keine Ahnung, warum ich das erwähnte. Schließlich wusste Henning bestens über meine Familienverhältnisse Bescheid. Ich hatte ihm damals alles erzählt, was mich bedrückte, worüber ich nachdachte und was mir Sorgen bereitete. Als er sich später nicht mehr bei mir gemeldet hatte, war ich mir schrecklich einfältig vorgekommen. Schließlich hatte ich einem Jungen mein Herz ausgeschüttet, der mich vermutlich längst vergessen hatte und sich am Ende womöglich noch lustig über mich machte.

»Die Zeit heilt eindeutig keine Wunden. Sie verändert sie lediglich. Mal klaffen sie auf und bluten, dann wieder bildet sich am Rand Schorf und man denkt, das Schlimmste wäre überstanden.«

»Das ist sehr … anschaulich gesprochen. Aber im Grunde hast du recht. Nur glaube ich nicht, dass meine Mutter und Opa Paul je in den Status der verschorften Wunde eintreten werden. Eher gehen sie sich gegenseitig an die Gurgel und beenden es.«

Henning lachte und trat an den Gartenzaun. Der Lichtkegel der Straßenlaterne traf ihn, sodass ich ihn nun gut sehen konnte. Sein dunkles Haar stand ihm wirr vom Kopf ab. Während mir mit jeder neuen Böe kälter wurde, stand er mit aufgeknöpftem Hawaii-Hemd und Shorts vor mir.

»Magst du rüberkommen?«

Henning streckte die Hand nach mir aus.

Mein Blick schweifte zum Küchenfenster, das hell erleuchtet war und mir deutlich vor Augen führte, was mich im alten Kapitänshaus meiner Familie erwarten würde. Dennoch kostete es mich einiges an Überwindung, Henning meine Hand zu reichen.

Es war lange her, dass ich mich nachts aus dem Haus gestohlen und zu Käthe in den Vorgarten geschlichen hatte, immer ein Auge auf das Fenster von Frau Jensen, die gegenüber wohnte und über alles und jeden hier Bescheid wusste.

Wie früher blickte ich zu ihrem Haus hinüber.

»Alzheimer. Frau Jensen wohnt jetzt im Pflegeheim. Du hast nichts zu befürchten«, behauptete Henning in stoischer Gelassenheit, während er mir nach wie vor die Hand reichte.

Also nahm ich mir ein Herz und stieg über den Zaun. Mit Hennings Hilfe schaffte ich es sogar, nicht hängen zu bleiben. Doch als ich meinen Fuß auf den unebenen Boden stellte, geriet ich ins Straucheln und wäre mit an Sicherheit grenzender Wahrscheinlichkeit der Länge nach auf den Boden gefallen, hätte ich nicht Halt an Hennings starker Brust gefunden.

Peinlich berührt machte ich mich wieder von ihm los und wahrte einen Sicherheitsabstand von mehr als einem halben Meter.

Henning sah mich mit diesem schiefen Grinsen an und deutete auf eine Picknickdecke, die auf dem Rasen bereitlag.

Wie früher, schoss es mir durch den Kopf, während ich mich daran erinnern wollte, dass das viel zu lange her war und kein gutes Ende genommen hatte.

Warum war ich bloß der Meinung gewesen, es wäre eine gute Idee, über den Gartenzaun zu klettern und mich meiner Vergangenheit zu stellen? Es war doch die Gegenwart, die mir Sorgen bereitete. Und die Zukunft, von der ich nicht wusste, wie sie aussehen mochte.

»Von dort aus hat man eine gute Sicht auf die Sternbilder. Vor vielen Jahren hatte ich sogar ein Teleskop. Hier auf der Insel. Das ist mir allerdings an einem stürmischen Winterabend runtergefallen und zerbrochen.«

Henning hatte augenscheinlich keinerlei Probleme, mit mir lockeren Small Talk zu halten, während in meinem Kopf so viele Fragen herumkreisten, wenn ich in seiner Nähe war.

»Warum hast du nie auf meine Briefe geantwortet?«

Noch bevor ich wusste, wie mir geschah, hatten die Worte auch schon meinen Mund verlassen.

Henning machte es sich auf der Decke bequem und klopfte neben sich. Unschlüssig, was nun das Richtige war, setzte ich mich schließlich zu ihm, hielt aber genügend Abstand zwischen uns.

»Ich habe dir auf jeden deiner Briefe geantwortet.«

Mit dieser Antwort hatte ich nicht gerechnet.

»Aber ich habe nie einen Brief von dir bekommen. Und als die SMS an dein Handy nicht mehr rausgingen, dachte ich …«

»Da dachtest du, ich wollte nichts mehr von dir wissen. Tja, falsch gedacht. Ich bin damals mit meinen Eltern ausgewandert. Mein Handy hat nicht mehr funktioniert und alle Nummern waren futsch. Ich habe dich in jedem meiner Briefe gebeten, dir meine neue Nummer einzuspeichern und mir zu schreiben.«

Hennings Worte klangen ruhig und wohlüberlegt. Kein Vorwurf lag darin. Ganz im Gegensatz zu meinen.

»Das verstehe ich nicht. Wenn du mir geschrieben hast, dann müssten diese Briefe doch bei mir angekommen sein. Oder? Dass mal ein Brief auf dem Postweg verschwindet, kann vielleicht passieren. Aber gleich mehrere? Das ist …«

Henning blickte hinüber zu dem weißen Kapitänshaus mit den blau umrahmten Fenstern und der hellblauen Haustür.

»Ich habe nicht gesagt, dass sie auf dem Postweg verschwunden sind.«

Mein Blick folgte seinem.

»Meinst du etwa …?«

Henning zuckte mit den Achseln.

»Ich kann es mir nicht anders erklären. Du etwa?«

Das waren schwere Anschuldigungen. Würde Opa Paul wirklich so weit gehen und Briefe, die an mich adressiert waren, an sich nehmen? Das war verrückt! Oder? Außerdem wusste er doch gar nicht über Henning und mich Bescheid. Wir hatten das zwischen uns gut vor ihm geheim gehalten. Nicht wahr?

»Opa Paul ist eigenwillig und durchaus kein einfacher Zeitgenosse. Aber ich kann mir nicht vorstellen, dass er meine Briefe unterschlagen würde. Das ist … Ich weiß nicht …«

Hennings Gesicht zeigte keine Regung. Er war ruhig und gelassen, als wäre er auf diese Situation vorbereitet gewesen. Ganz im Gegensatz zu mir.

In mir arbeitete es auf Hochtouren. War es denn wirklich möglich, dass Opa Paul meine Post weggelegt und vor mir versteckt hatte? Und was hatte er damit gemacht? Hatte er die Briefe weggeschmissen oder verbrannt? Wie viele mochten es gewesen sein?

»Achtzehn. Es waren achtzehn Briefe«, erklärte Henning, als könnte er meine Gedanken lesen.

»Achtzehn Briefe? Du hast mir achtzehn Briefe geschrieben, obwohl du auf keinen eine Antwort erhalten hast?«

»Ich war verliebt.«

Henning sah mich durchdringend an. Etwas in meinem Inneren begann zu schwingen. Das Gefühl breitete sich in rasender Geschwindigkeit in meinem Körper aus und erfüllte ihn mit einer stetig zunehmenden Wärme.

»Ich weiß gar nicht, was ich dazu sagen soll. Bis vor wenigen Minuten bin ich noch wie in all den Jahren felsenfest davon ausgegangen, du hättest mich schlichtweg vergessen. Käthe hat erzählt, dass du mit deinen Eltern umgezogen bist. Weit weg. Ich habe mich nicht getraut, nach deiner Adresse zu fragen, weil ich nicht wollte, dass sie etwas von uns erfuhr. Opa Paul und sie hatten damals eine sehr schlechte Phase. Die beiden hatten schlimmer gestritten als jemals zuvor.«

»Manchmal ist es eben nicht so, wie es auf den ersten Eindruck scheint. Aber was vergangen ist, ist vergangen. Wir werden daran nichts mehr ändern können.«

Henning klang so, als hätte er in seinem Leben noch ganz andere Erfahrungen machen müssen, die er ebenso nicht hatte beeinflussen können.

Es war schon ziemlich naiv von uns Menschen, zu glauben, wir hätten die Geschicke fest in der Hand. Egal, wie gut wir planten oder wie sehr wir uns auf etwas vorbereiteten, letztlich waren wir nicht mehr als Spülsaum am Strand, den das Meer angeschwemmt hatte.

»Es tut mir leid«, sagte ich schließlich.

»Wegen der Briefe?«

Henning machte eine wegwerfende Handbewegung.

»Das ist Schnee von gestern und lange her. Ich mache dir keinen Vorwurf.«

»Nein. Oder besser gesagt: auch. Nein, es tut mir leid, dass ich in all den Jahren glaubte, du hättest einfach die Nase voll von mir gehabt und mich längst vergessen. Ich hätte zu Käthe gehen und nach deiner neuen Adresse fragen sollen.«

Henning strich mir eine Haarsträhne aus dem Gesicht, worauf sich eine Gänsehaut von der Stelle, die er berührt hatte, über meinen ganzen Körper ausdehnte.

»Das hätte sicher auch nichts genützt. Am Ende hätte dein Opa meine späteren Briefe wieder abgefangen und eingesteckt«, gab Henning zu bedenken.

»Aber du hättest zumindest gewusst, dass ich noch an dich denke und …«

Dieses warme Gefühl tief in mir drin wandelte sich in Aufregung und Wut. Opa Paul hatte eine Entscheidung für mich getroffen, zu der er kein Recht hatte. Es stand ihm nicht zu, Hennings Briefe abzufangen, auch wenn er nicht besonders gut mit Hennings Großmutter auskam. Wir waren hier nicht im mittelalterlichen Verona, wo sich verfeindete Familien bis aufs Blut hassten und eine Liebe, wie die unsere damals, keine Chance hatte. Es war mein Leben, über das er da bestimmt hatte, und nicht seins.

»Das ist lange her, Meike. Seither ist viel Treibholz, buntes Flaschenglas, Bernstein und Plastik an den Strand angeschwemmt worden.«

Henning war noch immer wie die Ruhe selbst.

»Gut möglich, allerdings werde ich Opa Paul auf die verschwundenen Briefe ansprechen. Darauf kannst du Gift nehmen.«

Henning sah hinüber zum Kapitänshaus, in dem es nach wie vor heiß herging. Meine Mutter und Opa Paul machten keine Anstalten, mal einen Gang zurückzuschalten und die Sache auf sich beruhen zu lassen. Diese Dickköpfe!

»Das ist dein gutes Recht«, erwiderte er und sah wieder hinauf zu den Sternen.

Der Blick zum funkelnden Firmament über uns hatte etwas enorm Beruhigendes an sich. Ich vergaß sogar für einen Moment, was um mich herum alles passierte und wie es in meinem Leben gerade aussah. In Anbetracht der Sterne, die dort oben vor einer halben Ewigkeit verglüht waren und deren Licht wir bis heute sahen, war das menschliche Dasein ziemlich unbedeutend. Zumindest das eines jeden einzelnen.

»Wie ist es dir ergangen? Was hast du in den letzten Jahren so gemacht?«, wagte ich schließlich doch einen Vorstoß, um mehr über den Mann zu erfahren, in den ich in meinen Jugendjahren furchtbar verliebt gewesen war.

Ich war so verschossen in Henning gewesen, dass ich Tage nach seiner Abreise nichts essen und mich in der Schule nur schwer konzentrieren konnte. Ohne ihn war alles plötzlich so anstrengend und unwichtig. Als hätte man meinen Schalter ausgeknipst und mich wie eine alte Lampe, die nicht mehr funktionierte, auf den Dachboden gestellt. Meine Traurigkeit war so schlimm gewesen, dass ich kaum noch aus dem Haus ging. Nicht mal ans Meer wollte ich. Dort erinnerte mich ohnehin alles nur an ihn.

Henning seufzte, als wüsste er nicht, wo er anfangen sollte und wie viel er mir erzählen wollte. Ich wartete geduldig ab und sah dabei weiterhin nach oben zu den Sternen, die sich gänzlich unbekümmert unser Treiben hier unten ansahen.

»Als meine Eltern auf die glorreiche Idee kamen, mit mir nach Kanada auszuwandern, ist erst mal eine Welt für mich zusammengebrochen. Alles, was ich kannte und mochte, war schließlich hier.«

Er legte eine kurze Pause ein. Gut möglich, dass er mich dabei sogar ansah. Jedoch widerstand ich dem Bedürfnis, ihn anzusehen, um mich zu vergewissern. Ich wusste nicht, wie ich die Traurigkeit, die ich in seinen Augen vermutete, verkraften würde. Zu sehr hatten mich die letzten Minuten innerlich aufgewühlt.

»Doch die Kanadier haben es mir leicht gemacht. In der Schule ging es gut voran, da ich ganz passabel Englisch sprach. Ich fand Anschluss und war sogar Kapitän des Highschool-Eishockeyteams. Eine verrückte Zeit! Vor allem, wenn man bedenkt, dass es meinen Eltern, die unbedingt auswandern wollten, viel schwerer fiel, sich zu integrieren. Am Ende haben sie ihren Entschluss vermutlich sogar bereut. Gesagt haben sie es nie, aber ich konnte es ihnen ansehen. Manchmal entwickeln sich Träume auch zu Albträumen.«

Der letzte Satz klang so, als hätte er damit auch so seine Erfahrungen gemacht.

»Mein Traum war es, an der Uni zu arbeiten, meine Doktorarbeit zu schreiben und einen Mann zu heiraten, von dem ich glaubte, er würde mich lieben«, offenbarte ich ihm, ohne den Blick vom Firmament zu nehmen.

»Was ist passiert?«

Bei Hennings Nachfrage lachte ich bitter auf.

»Mein Vertrag wurde nicht verlängert, weil mein Chef davon ausging, dass ich nach der Hochzeit ohnehin schwanger werden würde. Dummerweise hatte mein Verlobter plötzlich keine Lust mehr, mich zu heiraten. Ihm ist alles zu viel geworden. Und mit der Treue hat er es auch nicht so.«

»Das tut mir leid.«

Henning klang ehrlich betroffen.

»Meine Frau hat mich verlassen, als ich ihr gesagt habe, dass es nicht mein Lebenstraum ist, ein Haus zu bauen und bis ans Ende meiner Tage als Anwalt zu arbeiten.«

»Du bist Rechtsanwalt?«, fragte ich verwundert und sah das erste Mal zu Henning hinüber.

Er grinste mich an.

»Hättest du mir wohl nicht zugetraut. Hm?«

»Nein! Also doch. Natürlich. Du bist intelligent. Aber irgendwie passt das Surferimage besser zu dir.«

Er lachte.

»Genau das habe ich Sarah auch immer gesagt. Allerdings wollte sie davon nichts wissen. Bloß nicht anecken, aus der Masse herausstechen. Sie wollte dazugehören. In einem kleinen mecklenburgischen Dorf war es wichtig, ein Teil der Gemeinschaft zu sein. Zumindest in ihren Augen. Irgendwann haben wir dann entschieden, dass unsere

Vorstellungen vom Leben nicht zusammenpassten, und ich bin zu Oma Käthe nach Föhr, um mir hier meinen Traum zu erfüllen. Ob auch der zum Albtraum wird, wird sich noch zeigen. Ich hoffe, ich schaffe es, auch wenn es nicht immer einfach ist.«

Das erste Mal an diesem Abend lüftete sich der Schleier vor Hennings Gesicht, und ich bekam eine Vorstellung davon, wie es in ihm drinnen aussah. So leicht und unbeschwert, wie er sich in den letzten Minuten gegeben hatte, war er nicht. Nur zeigte er diese Seite von sich vermutlich nicht jedem.

Ich fühlte mich geschmeichelt, dass er nach all der Zeit und den vielen vergebens geschriebenen Briefen, die zwischen uns lagen, dennoch den Mut fand, so offen mit mir zu reden. Es fühlte sich fast ein wenig so an, als hätten wir nie den Kontakt zueinander verloren. Den Kontakt auf mentaler Ebene. Etwas, das man mit Händen nicht greifen kann und doch existiert.

»Wenn man etwas mit seinem ganzen Herzen tut, dann wird man Erfolg haben. Davon bin ich überzeugt«, sprach ich ihm Mut zu.

Ein Leben neu zu strukturieren war so ziemlich die größte Aufgabe, die ich mir vorstellen konnte. Und ich wusste genau, wie Henning sich dabei fühlen musste.

»Danke, das ist lieb von dir.«

Henning lächelte mich an. Verschwunden war das selbstsichere Grinsen, das er mir bisher präsentiert hatte. Das erste Mal gewährte er mir einen Blick in sein Seelenleben.

Seine Augen ruhten durchdringend auf mir, während ich ein Kribbeln in meinem Bauch verspürte. Plötzlich war mir die Distanz zwischen uns viel zu groß. Wie ein gegenteilig gepolter Magnet spürte ich die Anziehungskraft, gegen die ich mich bisher jedoch standhaft zur Wehr gesetzt hatte.

Mein Widerstand bröckelte. Viel zu neugierig war ich plötzlich darauf, wie es sich wohl anfühlte, Henning zu küssen. In meiner Erinnerung waren seine Küsse wie der erste Regen nach einem langen heißen Sommer gewesen, wenn man barfuß tanzend über die Straße geht und sich mit jeder Faser seines Körpers fühlt.

Als ich mir meiner eigenen Gedanken bewusst wurde, schüttelte ich leicht den Kopf, wie um mich meiner Erinnerungen schnellstmöglich wieder zu entledigen.

»I-ich g-glaube, die Streithähne sind müde geworden. Ich sollte jetzt wohl besser gehen«, hörte ich mich sagen, während Panik in mir aufkam.

Hatte ich gerade allen Ernstes daran gedacht, wie es wohl sein würde, Henning zu küssen? Wir hatten uns knapp fünfzehn Jahre nicht gesehen. Ich konnte mich nicht einfach auf die Picknickdecke im Garten seiner Oma setzen, Sterne anschauen und dort anknüpfen, wo wir aufgehört hatten. Dafür war inzwischen viel zu viel passiert. Jeder von uns hatte sein Leben gelebt, und ich befand mich gerade in einer mehr als aufwühlenden Situation, was meine Beziehung und mein Berufsleben anbelangte. Ich brauchte nicht noch mehr Verwirrung. Sondern Ruhe. Einen Hafen, in dem ich ankommen und meine Seele baumeln lassen konnte, um später volle Kraft voraus meinen Weg fortsetzen zu können.

»Es hat mich gefreut, mal wieder mit dir zu reden.«

Henning ließ es sich nicht anmerken, ob ihn mein plötzlicher Fluchtversuch irritierte. Er zeigte Verständnis und lächelte sogar.

Etwas umständlich verabschiedeten wir uns schließlich voneinander. Keiner wusste so recht, ob er dem anderen die Hand geben oder ihn besser umarmen sollte. Dementsprechend verunsichert eierten wir herum, bis ich mich auf den Weg nach drüben ins alte Kapitänshaus machte.

Diesmal nahm ich jedoch den Umweg über den Gehsteig in Kauf. Auf der gegenüberliegenden Seite würde mich nämlich niemand mit offenen Armen auffangen. Ganz im Gegenteil. Da würde ich erst mal zusehen müssen, ein Bett für die Nacht zu bekommen.

Kapitel 9

»Opa Paul, wir müssen reden.«

Die halbe Nacht hatte ich wach gelegen. Und das nicht nur deshalb, weil meine Mutter sich auf der Schlafcouch so breitgemacht hatte, dass ich wie ein Fischstäbchen in der Schachtel eingesperrt dalag.

Meine Gedanken hatten sich nach dem Gespräch mit Henning nicht mehr beruhigen wollen. *Ich* hatte mich nicht mehr beruhigen wollen. Viel zu sehr hatte mich der Verdacht aufgewühlt, dass mein Großvater die Briefe an sich genommen haben musste, die Henning mir geschickt hatte.

Also war ich mitten in der Nacht aufgestanden und war zu der alten Seemannstruhe gegangen, die sich seit fünf Generationen in der Familie befand. Ein wenig ehrfürchtig war ich vor der Kiste stehen geblieben, ehe ich schließlich den Entschluss fasste, sie zu öffnen.

Seit jeher verwahrte mein Großvater dort alles, was ihm wichtig war und was nicht jeder zu Gesicht bekommen sollte. Wenn es Hennings Briefe also noch gab, dann waren sie hier. Da war ich mir ganz sicher.

Mir fielen fast vor Schreck die Briefe aus der Hand, als ich plötzlich Opa Pauls Stimme hinter mir hörte.

»Was sind das für Briefe?«, fragte er, während ich mich zu ihm umwandte und er sich mit einer Hand über die grauen Koteletten strich.

Sein Blick haftete schwer auf dem Stapel in meinen Händen.

Vor Wut begannen meine Finger zu zittern.

»Das sind die Briefe, die Henning mir geschrieben hat. Hörst du? An *mich*!«

»Was ist denn das für ein Lärm am frühen Morgen?«, jammerte meine Mutter in meinem Rücken.

Ich ging nicht auf ihr Gemecker ein, wendete meinen Blick nicht von meinem Großvater und wartete wie gebannt darauf, was er zu meinen Vorwürfen zu sagen hatte.

»Ach, die«, erwiderte er und schenkte sich dabei Kaffee aus der Thermoskanne ein, als wäre damit alles gesagt.

»Was hast du da?«, fragte meine Mutter und wollte mir die Briefe schon aus der Hand reißen.

Ich hinderte sie daran und hütete sie wie einen Schatz.

»*Ach, die?* Ist das alles, was du dazu zu sagen hast, Opa Paul?«

Er zuckte mit den Schultern.

»Damals erschien es mir richtig, sie dir nicht zu geben. Heute sehe ich die Dinge vielleicht ein wenig anders. Aber es ist so viel Zeit vergangen. Es wäre sinnlos gewesen, sie dir zu geben. Wozu das alles? Ihr habt beide euer Leben gelebt. Das ist eine Ewigkeit her.«

»Du klingst, als wäre deine Enkeltochter Anfang siebzig.« Amüsiert nahm meine Mutter eine Tasse aus dem Küchenbüfett.

Seine Lieblingstasse hatte Opa Paul bereits selbst in Beschlag genommen. Das schien sie jedoch nicht weiter zu kümmern. Ohnehin wirkte sie enorm entspannt. Offenbar hatte ihr die erste Nacht auf Föhr gutgetan. Ganz im Gegensatz zu mir.

»Ich bin maßlos enttäuscht von dir«, redete ich unbeirrt weiter, ohne meine Mutter auch nur anzusehen.

Das hier war eine Sache zwischen Opa Paul und mir.

»Das wirst du heute Abend sicher auch noch sein«, sagte er und erhob sich von seinem Platz.

»Ich muss jetzt auf die Baustelle. Das wirkliche Leben ruft nämlich und keine doofen Briefe, die ich längst im Feuer hätte verbrennen sollen.«

Bei seinen Worten presste ich die Briefe noch fester an mich.

Bevor ich etwas erwidern konnte, war er auch schon zur Tür hinaus.

»Was sind das denn für Briefe, wegen derer du hier so einen Zinnober veranstaltest? Habe ich in dem Zusammenhang den Namen *Henning* gehört?«

Ich hatte nicht damit gerechnet, dass meine Mutter Anteilnahme an dem Vorfall zeigen würde. Gleichzeitig ließ sie Hennings Erwähnung offenbar aufhorchen. Seit er ihr vor Jahren mal die Luft aus den Reifen ihres Wagens gelassen hatte, konnte sie ihn nicht leiden. Dabei hatte er doch nur gewollt, dass ich nicht mit ihr aufs Festland reisen musste und hier auf der Insel bleiben konnte.

»Das ist privat«, giftete ich sie an.

Denn langsam, aber sicher hatte ich die Faxen dicke. Meine Mutter hatte sich meine komplette Teenagerzeit über aus meinem Leben verabschiedet und mich mir selbst überlassen. Zwar hatte sie gelegentlich angerufen oder geschrieben, aber das war nicht dasselbe.

»Henning ist nichts für dich«, maßte sie sich weiterhin an, mir zu sagen, was ich zu tun und zu lassen hatte.

»Ich glaube nicht, dass du mir sagen kannst, was ich zu tun oder zu lassen habe … Mutter.«

Das letzte Wort pfefferte ich ihr mit solcher Wucht um die Ohren, dass sie regelrecht zusammenzuckte.

»Was erlaubst du dir denn? Ich meine es doch nur gut. Ohne mich wüsstest du das mit Kai nicht mal. Hast du ihn eigentlich schon angerufen?«

Ungläubig sah ich sie an.

»Hast du mir gestern überhaupt zugehört? Ich werde Kai nicht anrufen. Und wenn du dich auf den Kopf stellst. Er hat mir gesagt, dass ich ihm zu viel bin. Da werde ich ihm sicher nicht hinterherrennen.«

Noch vor dem ersten Kaffee des Tages solche Schlachten zu schlagen, war definitiv nichts für mich. Wie hatte ich nur erwarten können, auf Föhr zur Ruhe zu kommen und mich zu sammeln, wenn ich bei jedem Schritt ein vermeintlich neues Minenfeld betrat?

»Kai ist einer von den Guten«, behauptete meine Mutter eigensinnig.

Für sie war die Sache glasklar.

»Ach, und Henning ist einer von den Bösen. Oder wie darf ich dich da verstehen?«

Meine Mutter machte eine abfällige Bewegung mit ihrem Kopf.

»Er war schon immer ein Unruhestifter.«

Ihre Worte hatten eine solche Kraft, dass ich mich vor der Detonation in Acht nahm.

»Henning ist nicht das Problem«, erwiderte ich mit fester Stimme und klammerte mich dabei an meine Briefe wie ein Schiffbrüchiger an eine Schiffsplanke.

»Ach, und wer oder was ist es dann?«

Meine Mutter trank aus ihrem Becher und sah mich erwartungsvoll an.

Für einen Augenblick zögerte ich. Denn am liebsten hätte ich ihr die Wahrheit gesagt, nämlich dass sie und Kai mein Leben gerade mächtig aufwirbelten. Allerdings wollte ich nicht schon am frühen Morgen für einen Eklat sorgen. Der Streit mit Opa Paul war schlimm genug gewesen.

»Ich gehe an den Strand«, sagte ich stattdessen und machte auf dem Absatz kehrt.

Mit den Briefen.

»Aber du hast doch noch nicht mal gefrühstückt. Willst du nicht erst etwas essen, bevor du rausgehst?«

Meine Mutter wirkte unnatürlich besorgt. Doch ich konnte und wollte mich nicht länger im Kapitänshaus meiner Vorfahren aufhalten, sondern endlich die Briefe lesen, die mir Henning geschickt und die mich erst heute erreicht hatten.

Achtzehn weiße Umschläge lagen unschuldig in meinen Händen, während ich meinen Weg fortsetzte.

»Ich hole mir etwas beim Bäcker Hansen. Der liegt auf dem Weg. Und dort gibt es inzwischen sogar Kaffee to go.«

Meine Mutter war nach wie vor der Ansicht, dass die Menschen hier auf Föhr hinterm Mond lebten, und ließ oft kein gutes Haar an ihnen. Sie hielt sich spätestens seit ihrem Aufenthalt im Ashram für etwas Besseres. Dabei hatte sie nie verstanden, was der wahre Schatz dieser Insel war. Erleuchtet hin oder her.

Kaum dass ich aus der Tür war, umwehte eine frische Meeresbrise meine Nase und ließ mich augenblicklich leichter durchatmen. Der salzige Geschmack legte sich auf meine Zunge, ein Gefühl von Heimat und Vertrautheit stellte sich ein. Ein Austernfischer flog über das mit Reet gedeckte Haus in meinem Rücken und steuerte das Meer an. Neben dem Alpenstrandläufer, der Brandgans, der Silbermöwe und der Ringelgans gehörte er zu den Flying Five des Wattenmeeres.

Diese fünf typischen Vogelarten hatte ich mir schon als Kind mit Opa Paul angesehen. Alles, was ich über die Tiere wusste, hatte er mir beigebracht. Auch die Liebe zur Pflanzen- und Tierwelt dieser so besonderen Region.

Umso schmerzlicher war die Vorstellung, dass er mich in all den Jahren hintergangen hatte. Wie hatte er Hennings Briefe nur unterschlagen können? Das passte überhaupt nicht zu ihm. Schließlich war er doch einer von den Guten, um das Wertesystem meiner Mutter zu bemühen.

Mit einem Franzbrötchen und einem Cappuccino verabschiedete ich mich aus der Bäckerei Hansen. Ann-Kathrin, die mich heute bedient hatte, war mit mir zur Schule gegangen. Sie hatte mich gleich wiedererkannt und sich gefreut, mich zu sehen. Man müsse sich mal wieder treffen. Das fand ich auch.

Am Strand setzte ich mich in den Schutz der Dünen. Ein paar Spaziergänger und Jogger hatten sich bereits hierher verirrt. In den nächsten Minuten würde sicher auch die ein oder andere Wattwanderung beginnen. Die Bedingungen hierfür standen gut.

Zunächst aß ich mein Franzbrötchen und trank den heißen Kaffee dazu. Nach und nach erwachte ich zum Leben, was so viel bedeutete wie, dass ich mich endlich der Aufgabe, die ich mir selbst gestellt hatte, gewachsen fühlte.

Dennoch kostete es mich einiges an Überwindung, den ersten Brief zu öffnen und das Papier aus dem Kuvert zu nehmen. Als ich Hennings »Meine liebe Meike« las, kam es plötzlich über mich: Ich weinte. Ich weinte um die vergebenen Chancen im Leben, um die erste Liebe und die Tatsache, dass mein eigener Großvater dafür gesorgt hatte, dass der Kontakt zwischen Henning und mir abgebrochen war.

Mit tränenverhangenem Blick versuchte ich die Zeilen zu lesen, die vor einer halben Ewigkeit an mich geschickt worden waren und die ich nun endlich in Händen halten durfte.

Henning erzählte mir in seinem ersten Brief von der Absicht seiner Eltern, nach Kanada auszuwandern. Ganz offen sprach er darüber, wie sehr ihn diese Situation belastete und wie gern er stattdessen wie ich auf Föhr leben würde. Doch seine Eltern würden es nie zulassen, dass er zu Oma Käthe zog, während sie sich auf einem anderen Kontinent befanden.

Als ich das las, war ich froh, dass meine Eltern keine Probleme gehabt hatten, mich bei Opa Paul zu lassen. Nicht auszudenken, was aus mir geworden wäre, wenn ich nach Indien hätte reisen oder bei Papa hätte bleiben müssen.

Mit jedem weiteren Brief konnte ich die Hilflosigkeit in Hennings Zeilen lesen. Er schrieb, machte sich und mir Mut und fragte mich, warum ich ihm denn nicht antwortete. Mal ging er davon aus, dass sein vorhergehender Brief nicht angekommen war, dann wieder war er besorgt darüber, ob ich vielleicht nichts mehr von ihm wissen wolle. Wenn dem so sei, solle ich mich melden.

Zu der Hilflosigkeit kam die Verzweiflung. Es musste sich schrecklich angefühlt haben, nichts mehr von dem Mädchen zu hören, das behauptet hatte, auf ihn zu warten. Ebenso hatte es sich für mich angefühlt, als plötzlich Funkstille zwischen uns geherrscht hatte.

Ich bekam damals ein Gefühl dafür, wie sich die Kapitäns- und Walfängerfrauen zu Hause gefühlt haben mussten, während ihre Männer ins eisige Meer vor Grönland aufgebrochen waren.

Zeile um Zeile, Brief um Brief inhalierte ich regelrecht. Alles um mich herum war unwichtig. So vertieft in meine Lektüre, bemerkte ich zunächst erst gar nicht, dass mein Smartphone in meiner Manteltasche vibrierte.

Eine unbekannte Nummer stand im Display. Einen Wimpernschlag lang zögerte ich, da ich weder mit Kai noch mit meiner Mutter sprechen wollte. Aber wenn ich das richtig sah, handelte es sich bei der Nummer um einen Festnetzanschluss auf Föhr.

Mit einem vorsichtigen »Ja?« nahm ich das Gespräch entgegen, schließlich wusste ich nicht, was mich gleich erwarten würde. Für eine Millisekunde hegte ich sogar die Hoffnung, Henning könnte es sein. Was absoluter Blödsinn war. Wir hatten bislang noch nicht mal Handynummern ausgetauscht.

»Spreche ich mit Meike Landwehr?«, fragte mich eine nordisch klingende Männerstimme.

Für gewöhnlich beruhigte mich der gelassen wirkende Ton in der Stimme der Insulaner. Doch etwas an der Art und Weise, wie er mich fragte, ob ich Meike Landwehr war, machte mich nervös.

»Ja, die bin ich. Worum geht es denn?«, wagte ich endlich einen Vorstoß.

»Hier spricht Max Bickmann. Ich bin für die Baustelle verantwortlich, auf der Ihr Großvater arbeitet. Ich muss Ihnen leider mitteilen, dass etwas vorgefallen ist. Es gab einen Unfall.«

Mein Magen zog sich bei seinen Worten auf die Größe einer Erbse zusammen. Nein, das durfte einfach nicht sein. Opa Paul durfte nichts passiert sein. Nicht, nachdem wir heute Morgen im Streit auseinandergegangen waren.

»Wie geht es ihm? Was ist denn geschehen?«

Herr Bickmann räusperte sich.

»Er ist von der Leiter gefallen. Ich habe Ihre Nummer aus seinem Handy. *Meike Enkelin* war der erste Eintrag im Telefonbuch, der für mich nach Familie klang.«

Entsetzt sprang ich auf die Füße, stopfte die Briefe in meine Manteltasche und trug meinen Müll zum nächsten Abfalleimer, bevor ich auch schon in die Strandstraße einbog.

»Wo ist er jetzt? Lebt er noch? Und Sie haben Glück, dass ich mich gerade auf der Insel befinde.«

So angenehm die ruhige und gelassene Art der Menschen hier auch sein mochte, gerade machte sie mich wahnsinnig.

»Er wurde in die Inselklinik Föhr-Amrum gebracht«, erklärte er.

»War er denn ansprechbar? Nun lassen Sie sich doch nicht jedes Wort aus der Nase ziehen«, fuhr ich ihn schließlich an, als ich es nicht mehr aushalten konnte.

»Tut mir leid! Ich wollte Sie nicht anschreien«, ruderte ich eilig zurück.

»Als er wegfuhr, war er ansprechbar. Das definitiv. Aber er hat ziemlich wirres Zeug geredet. Von Briefen, die schon immer das Problem waren, und das, obwohl es doch heute Internet und Handys gibt. Und er meinte noch, dass er mal besser nicht zur See gefahren wäre.«

»Zur See gefahren?«

Er musste halluzinieren. Opa Paul war nie zur See gefahren. Er war Schreiner. Schon sein ganzes Leben lang. Es musste ihm wirklich schlecht gehen.

»Ich komme sofort. Vielen Dank für Ihren Anruf«, sagte ich artig, als ich gerade am Kapitänshaus ankam.

Wie von der Tarantel gestochen stürmte ich zum Haus, riss die Tür auf und eilte in Opa Pauls Zimmer, wo ich ein paar Sachen für ihn zusammenpackte. Nur das Nötigste.

Und vermutlich packte ich genau das ein, was er nicht brauchte. Aber in diesem Moment konnte ich einfach nicht klar denken.

»Was ist denn jetzt schon wieder los?«, blaffte mich meine Mutter an, die eine Gesichtsmaske aufgetragen hatte und noch immer im Morgenmantel herumstiefelte.

»Opa Paul hatte einen Unfall«, erklärte ich kurz angebunden und eilte ins Bad, um seinen Kulturbeutel zu bestücken.

Dort angekommen, musste ich allerdings feststellen, dass er keinen besaß. Also ging ich zurück in mein altes Zimmer, schüttete den Inhalt meines Kulturbeutels kurzerhand auf den Boden und füllte ihn im Bad mit den Sachen, die ich meinem Großvater in die Klinik bringen wollte.

»Was ist denn passiert?«, fragte meine Mutter alarmiert.

»Er ist von einer Leiter gefallen«, sagte ich kurz und stürmte auch schon an ihr vorbei in Richtung Haustür.

»Warte doch mal! Soll ich nicht besser mitkommen?«

Das fehlte mir gerade noch.

Anstatt ihr zu antworten, eilte ich eine Spur schneller aus dem Haus. So schnell, dass ich auf dem Gehsteig mit Henning zusammenstieß.

»Hoppla, das wird ja langsam zur Gewohnheit«, sagte er grinsend, als meine Wange mal wieder Halt auf seiner Brust gefunden hatte.

»Ich … Entschuldige … Ich muss weiter … ich …«

Noch immer aufgewühlt von dem Anruf, fiel es mir schwer, einen zusammenhängenden Satz zu formulieren.

»Ist was passiert?«, fragte Henning und sah mich dabei eindringlich an.

»Opa Paul … Er liegt im Krankenhaus«, kam es mir schließlich über die Lippen.

Und das erste Mal, seit ich den Anruf von Herrn Bickmann erhalten hatte, flossen bei mir Tränen.

Henning nahm mich wie selbstverständlich in den Arm und hielt mich ganz fest, ohne mich mit nervigen Fragen zu bedrängen. Er war einfach nur für mich da, ohne etwas von mir zu wollen. Das rechnete ich ihm hoch an.

In seiner Umarmung fühlte ich mich geborgen und schaffte es sogar, mich ein wenig zu beruhigen.

»Komm!«, sagte er dann. »Ich fahr dich zur Inselklinik.«

Und noch ehe ich wusste, wie mir geschah, lief er mit mir zu seinem Wagen, der auf der Straße parkte.

Erst als wir einstiegen, bemerkte ich, dass Käthe am Gartenzaun stand und alles mit angehört haben musste. Kreidebleich sah sie mich aus weit aufgerissenen Augen an. Wenn ich es nicht besser gewusst hätte, würde ich fast meinen, dass ihr Opa Pauls Unfall naheging.

Kapitel 10

Eine halbe Stunde dauerte die Fahrt von Nieblum nach Wyk ins Krankenhaus. Eine halbe Stunde, in der ich mir ein Horrorszenario nach dem anderen ausmalte und ständig mit den Tränen rang.

Wenn Opa Paul jetzt sterben sollte, wüsste ich nicht, ob ich das verkraften würde. Ständig ging mir der Streit von heute Morgen durch den Kopf. Und auch wenn ich mich im Recht wähnte, konnte es durchaus sein, dass er durch meine Worte nicht konzentriert war, als er auf die Leiter stieg und sich dabei schwer verletzte.

Warum hatte ich nicht bis heute Abend gewartet, um mit ihm in Ruhe zu reden?

Ich machte mir schreckliche Vorwürfe und betete ohne Unterlass um Hilfe, egal von welcher überirdischen Instanz.

»Mach dir keine Sorgen! Paul ist robust. Den bringt so schnell nichts um.«

Henning bemühte sich, mir eine Stütze zu sein und dabei locker und leicht zu klingen. Trotzdem hatte ich nie das Gefühl, dass er sich mir aufdrängte. Er hatte so eine

Art an sich, die beruhigend auf mich wirkte. Dennoch rang ich innerlich mit mir.

Das alles wäre vermutlich nicht passiert, wenn ich nicht wie ein Teenager auf die Barrikaden gegangen wäre und die Sache besonnener angegangen wäre. Aber mit den Briefen in der Hand hatte mich eine solche Wut erfasst, die durch die schlechte Nacht zuvor noch weiter angefacht wurde. Plötzlich spürte ich das Verlangen in mir, Wände einzureißen und mit Tellern um mich zu werfen. Dieses Bedürfnis konnte ich zwar unterdrücken, nicht aber den Wunsch, Klartext mit Opa Paul zu reden.

»Ich habe die Briefe gefunden. Alle achtzehn. Sie waren in der alten Seemannstruhe im Wohnzimmer. Ich habe Opa Paul damit konfrontiert, bevor er auf die Baustelle gegangen ist.«

Henning sah mich von der Seite an, während er die Fahrt unbeirrt fortsetzte.

»Hast du sie gelesen?«

Ich nickte.

»Und jetzt glaubst du, dein Großvater ist wegen eures Streits von der Leiter gefallen?«

Er verstand mich wie kein anderer.

Ich nickte abermals.

»Paul ist routiniert. Er arbeitet seit über sechzig Jahren als Handwerker. Und er hat sicher schon so manchen Schicksalsschlag verwunden und ist danach wieder auf die Arbeit gegangen und auf Leitern gestiegen. Es ist nicht deine Schuld. Hörst du?«

Es war sehr nett von Henning, mir das zu sagen. Es war nicht nur so dahingesagt. Das spürte ich. Er meinte es ernst. Dennoch hegte ich Zweifel daran, was meine Schuld an dem Unfall betraf. Wenn es den Streit heute Morgen nicht gegeben hätte, dann wäre er sicher vorsichtiger auf die Leiter gestiegen und hätte seine Gedanken nicht ganz woanders gehabt.

»Hoffentlich ist er ansprechbar, wenn wir eintreffen.« Unvermittelt wechselte ich das Thema.

Henning legte noch einen Gang zu. Nie zuvor war mir eine halbstündige Fahrt so endlos vorgekommen. Nie zuvor hatte ich mich so hilflos gefühlt. Nicht einmal, als mir vor wenigen Tagen mein Vertrag nicht verlängert worden war oder Kai mir sagte, dass er unsere Beziehung nicht mehr wollte.

Meine Gedanken sausten in Lichtgeschwindigkeit durch meinen Kopf, während wir gefühlt wie winzige Schnecken nicht wirklich von der Stelle kamen.

Als ich bereits glaubte, wir kämen nie an meinem Ziel an, parkte Henning auf dem Besucherparkplatz der Inselklinik. Das wiederum passierte so unerwartet, dass ich noch einen Moment benötigte, bis ich den Gurt löste und die Tür öffnete.

Wie in Trance lief ich auf den Eingang zu. Henning stützte mich leicht von der Seite, als bräuchte ich Hilfe beim Gehen.

»Landwehr. Paul Landwehr. Ist der bei Ihnen eingeliefert worden?«, fragte ich atemlos die Frau am Empfangstresen, als wäre ich gerade eben erst einen Marathon gelaufen.

»Einen kleinen Moment bitte. Sind Sie eine Angehörige?«

Ich nickte, brachte aber kein Wort mehr über die Lippen.

»Sie ist seine Enkeltochter«, sagte Henning neben mir stattdessen.

Völlig unerwartet fühlte sich mein Körper so an, als würde er zur Salzsäure erstarren.

»Ich schaue gleich mal nach, wie ich Ihnen helfen kann.«

Furchtbare Minuten des Schweigens traten ein, während Frau Engelmann, wie auf ihrem Namensschild zu lesen war, sich am Computer auf die Suche nach meinem Großvater machte. Welch Ironie des Schicksals! Dabei war er doch kein besonders großer Fan der neuen Medien.

»Ihr Großvater wurde auf die Innere verlegt. Zimmer 202. Die Besuchszeit endet um achtzehn Uhr.«

Lächelnd teilte sie uns diese Informationen mit und wirkte dabei nicht, als ginge es um Leben und Tod. Hieß das auch, dass er das Schlimmste überstanden hatte?

»Wie geht es ihm denn?«, fragte nun Henning, der offenbar spürte, wie sehr mir die Ungewissheit zusetzte.

»Das besprechen Sie bitte mit dem diensthabenden Arzt auf Station.«

Erst jetzt bemerkte ich, dass sich in der Zwischenzeit eine Schlange hinter uns gebildet hatte. Wie an einer Supermarktkasse standen sie da und schauten auf die Uhr, weil ihnen die Waren nicht schnell genug über den Scanner gezogen wurden. Nur hier ging es nicht um ein Päckchen Nudeln oder drei lose Bananen. Hier ging es um das Leben meines Großvaters.

»Lass uns gehen!«

Hennings Stimme drang wie aus weiter Ferne an mein Ohr. Noch immer fühlte ich mich nicht wirklich anwesend. Ganz so, als schwebte ich über den Dingen und versuchte, die Lage von dort oben zu erfassen. Aber auch das gelang mir nicht. Fühlte sich so etwa ein Schock an? Vermutlich! Es spielte keine Rolle, was dazu führte, dass ich mich nicht echt fühlte. Wichtig war, dass wir Opa Paul endlich fanden und erfuhren, wie es ihm ging.

Wir liefen nicht durch die Gänge, nein, wir rannten. Der Aufzug war uns zu langsam, sodass wir das Treppenhaus nahmen und Stufe um Stufe das nächste Stockwerk erklommen. Mein Herz raste, während ich mich nicht verrückt zu machen versuchte. Aber das war leichter gesagt als getan.

»Da vorne müsste es sein«, rief Henning und öffnete eine Glastür, um auf die Station zu gelangen, auf der Opa Paul lag.

In welchem Zustand auch immer.

Zaghaft klopfte ich an die Zimmertür, neben der an der Wand ein Schild mit der Nummer 202 hing.

»Herein!«, rief Opa Paul mit so fester Stimme, dass ich augenblicklich wieder zu weinen begann.

Diesmal jedoch vor Erleichterung. Erwartete ich doch bereits, ihn lethargisch im künstlichen Koma liegend auf der Intensivstation zu sehen.

»Was macht denn der hier?«, pflaumte Opa Paul uns unmittelbar, nachdem wir das Zimmer betreten hatten, an.

Es ging ihm also wider Erwarten sehr gut.

»Was machst du denn für Sachen?«, fragte ich und eilte zu ihm, ohne auf seine Frage einzugehen.

»Bin unglücklich gefallen. Passiert«, erwiderte er kurz angebunden, ohne dabei den Blick von Henning zu nehmen, als erwartete er, dieser könnte ihn wie ein wildes Tier anfallen.

Was war das bloß zwischen den beiden Familien? Irgendwann würde ich ihn danach fragen und nicht klein beigeben, ehe er mir erklärt hatte, was einst vorgefallen war. Aber bis dahin wollte ich erst mal dafür sorgen, dass es Opa Paul besser ging.

»Ich hab mir solche Sorgen um dich gemacht«, sagte ich, und als ich spürte, dass mir meine Knie jeden Moment den Dienst versagen würden, setzte ich mich auf einen Stuhl neben seinem Bett.

»Brauchst du nicht. Der Bickmann hätte dich gar nicht erst anzurufen brauchen. Mir geht es ausgezeichnet. Die Idioten von Ärzten wollen mich für vierundzwanzig Stunden hier festhalten. Leichtes Schädel-Hirn-Trauma. Pah! Da hatte ich in meinem bisherigen Leben schon weit schlimmere Verletzungen. Und ganz sicher lag ich da in keinem Krankenhausbett.«

Opa Paul, direkter Nachfahre eines Walfängers, der es gewohnt war, während der Waljagd stundenlang im bitterkalten Eiswasser auszuharren und darauf zu warten, dass ihn der Tod ereilte oder das Tier endlich nachgab, war mindestens so abgehärtet wie seine Vorfahren.

»Es ist richtig, dass sie dich hierbehalten, Paul. Eine reine Vorsichtsmaßnahme.«

Henning hatte sich von der wenig herzlichen Begrüßung durch meinen Großvater nicht aus der Ruhe bringen lassen. Er war es gewohnt, dass eine gewisse Feindseligkeit zwischen den Familien herrschte, auch wenn wir beide nicht ergründet hatten, was der Grund dafür war.

Vielleicht lag es daran, dass es schon immer so war und wir uns nie Gedanken darüber machten, wo dieser Streit seinen Ursprung hatte. Wir waren Kinder und nahmen die Gegebenheiten so hin, wie sie waren. Doch heute konnte und wollte ich mich damit nicht mehr zufriedengeben.

»Gott sei Dank! Du lebst noch.«

Mit diesen Worten stürmte Käthe in den Raum, in der Hand einen derangierten Blumenstrauß, der dringend in die Vase gehörte.

»Oma Käthe?«, fragte Henning irritiert.

Was weder Opa Paul mit seiner Distanziertheit noch meine aufgelöste, leicht panische Art bislang geschafft hatten, war nun eingetreten: Henning war sprachlos.

Doch seine Großmutter nahm keine Notiz von ihm. Geradewegs ging sie ans Krankenbett, als wäre es das Natürlichste der Welt. Wenn mich nicht alles täuschte, dann warfen sich die beiden sogar ein angedeutetes Lächeln zu. Was war hier nur los? Fand das alles wirklich statt oder war ich am Ende diejenige, die auf den Kopf gefallen war und nun nicht mehr wusste, was um sie herum geschah?

Aber wenn ich mir Hennings verwirrten Gesichtsausdruck ansah, dann wusste ich, dass nicht ich diejenige war, die sich hier anders verhielt als sonst.

»Käthe, was machst du denn hier?«, fragte Opa Paul und richtete sich dabei in seinem Bett auf.

Er wirkte verlegen ob der Situation.

»Nachsehen, was du alter Esel wieder für einen Mist baust«, sagte sie ähnlich resolut wie am Gartenzaun und suchte sogleich im angrenzenden Nebenraum nach einer Vase.

Zu dumm, dass es sich dabei nur um das Badezimmer handelte. Unverrichteter Dinge kam sie wieder heraus. Erst jetzt bemerkte ich, dass sie ihre Kittelschürze trug und sich in Hausschuhen auf den Weg gemacht hatte.

Wenn man bedachte, dass sie noch am Gartenzaun gestanden hatte, als Henning und ich aufgebrochen waren, war das nicht weiter verwunderlich.

»Was heißt denn hier alter Esel? Ich bin schließlich drei Monate jünger als du«, echauffierte er sich augenblicklich.

Erst jetzt, da ich sah, wie er sich hemmungslos mit Käthe stritt, wusste ich mit Gewissheit, dass es ihm gut ging. Dennoch war ich froh darum, dass ihn die Ärzte dazu verdonnert hatten, eine Nacht in der Klinik zu bleiben. Sicher war sicher. Und ich wollte in Sachen Gesundheit kein Risiko eingehen. Nicht auszudenken, wie ich mich fühlen würde, wenn Opa Paul an den Spätfolgen des Unfalls … Nein, darüber wollte und konnte ich nicht nachdenken.

»Pah!«

Käthe machte eine wegwerfende Handbewegung und marschierte wie selbstverständlich nach draußen auf den Flur, um sich eine Vase zu suchen.

»Habt ihr die angeschleppt? Einen kranken Mann mit dieser Naturkatastrophe zu konfrontieren, ist mehr als eine Unverschämtheit. Man sollte fast meinen, ihr würdet mich gerne über den Jordan gehen sehen.«

Opa Pauls Miene verfinsterte sich zusehends.

Henning und ich schüttelten die Köpfe.

»Wir wussten nicht, dass sie ebenfalls auf dem Weg war. Ehrlich!«, beeilte ich mich zu sagen, da ich die Beziehung zwischen meinem Großvater und mir nicht weiter belasten wollte, als sie es ohnehin schon war.

»Ich habe eine Vase gefunden«, verkündete Käthe triumphierend, als sie zurück im Zimmer war.

»Was soll ich mit dem Grünzeug? Das steht nicht mal bei mir im Haus, wenn ich gesund bin. Warum sollte ich ausgerechnet jetzt damit anfangen, Blumen in meinem Zimmer zu haben, wenn ich gerade so dem Tod von der Schippe gesprungen bin?«

Bildete ich es mir nur ein oder übertrieb Opa Paul maßlos, um Eindruck bei seiner Nachbarin zu schinden?

Diese zuckte bei seinen Worten unmerklich zusammen. Fast so, als würde es sie ernsthaft bedrücken, dass es ihm nicht gut ging. Doch wenn dem so war, dann war es Käthe nur für den Hauch eines Augenblicks anzusehen. Schon im nächsten Moment hatte sie sich wieder im Griff.

»Du hast recht. Blumen sind viel zu schön für dich. Es wäre eine Schande, sie mit dir in einem Raum zurückzulassen.«

Noch ehe ich wusste, wie mir geschah, zog sie die Blumen aus der Vase und drückte sie mir in die Hand.

»Wie bitte? Ich muss mich wohl verhört haben! Schafft mir diese Frau aus dem Zimmer! Wie soll ich mich denn hier erholen, wenn mich der alte Zankapfel bis ins Krankenhaus verfolgt?«

»Zankapfel? Ich hör wohl nicht recht. Was glaubst du eigentlich …«

»Komm! Lass uns gehen!«, forderte mich Henning leise auf und zog mich dabei sacht in Richtung Tür.

»Aber …«, protestierte ich und sah dabei zwischen Opa Paul und Henning hin und her.

»Der ist topfit, wenn du mich fragst. Und die Unterhaltung mit Oma Käthe wird ihm guttun. Vertrau mir!«

Unschlüssig biss ich mir auf die Unterlippe. Unterhaltung nannte er das? Konnte ich Opa Paul wirklich allein lassen? Oder war es nicht meine Pflicht, bei ihm zu bleiben und ihm jeden Wunsch von den Augen abzulesen? Schließlich war ich für die Situation irgendwie verantwortlich. Ich wusste das, auch wenn alle versuchten, mir das auszureden.

Außerdem war Käthe sicher nicht unbedingt das Beste, was Opa Paul in seiner Lage gebrauchen konnte. Er musste sich ausruhen und erholen. Und seine Nachbarin würde weder für das eine noch für das andere Sorge tragen.

Doch dann sah ich in Hennings Augen und auf die Hand, die er mir reichte. Er meinte es ernst. Also sprang ich über meinen Schatten und ging mit ihm nach draußen. Vor der Tür hielten wir eine Weile inne und lauschten.

Während wir vor wenigen Sekunden noch aus einem Raum gegangen waren, in dem zwei erwachsene Personen ohne Unterlass miteinander gestritten hatten, hörte das Stimmengewirr plötzlich auf. Es wurde ruhig im Krankenzimmer 202. Und mich erfasste Panik. Was, wenn Oma Käthe Opa Paul den Hals umgedreht hatte? Oder umgekehrt? Bei den beiden ging ich bereits seit Jahren davon aus, dass es irgendwann so weit sein würde. Rückblickend betrachtet wunderte ich mich sogar ein wenig, dass das bisher noch nicht geschehen war.

Unschlüssig hielt ich die Türklinke in der Hand und wollte sie gerade herunterdrücken, als Henning sein Ohr an die Tür legte.

Kurz entschlossen tat ich es ihm gleich. So konnte ich mich davon überzeugen, dass beide noch am Leben waren. Und auch wenn ich nicht jedes Wort verstand, was sie miteinander sprachen, war ich mir im Klaren darüber, dass es zwischen den beiden äußerst zivilisiert zugehen musste.

Irritiert sah ich zu Henning, der mit den Schultern zuckte und dabei grinste.

Dann gingen wir ein paar Schritte den Flur in Richtung Treppenhaus entlang.

»Meinst du, das geht gut?«, fragte ich nach einigen Metern, die wir uns inzwischen vom Zimmer entfernt hatten.

Henning warf einen Blick zurück.

»Ich glaube, dass die beiden viel besser miteinander auskommen, als sie uns allen weismachen wollen.«

Seine Bemerkung führte dazu, dass ich stehen blieb und ihn erwartungsvoll ansah.

»Das musst du mir näher erklären.«

Mein ganzes Leben lang hatte ich Käthe und Opa Paul miteinander streiten sehen. Es war schon fast ein ungeschriebenes Gesetz, dass die beiden verbal aufeinander losgingen, sobald sie sich nur sahen.

»Es ist jetzt ungefähr ein Jahr her. Oma Käthe dachte, ich wäre noch auf einem Surfertreffen auf Sylt. Doch ich bin schon einen Tag früher zurückgekommen, weil mir die versnobte Atmosphäre dort nicht gefallen hat. Wie dem auch sei, ich war auf jeden Fall im Haus, als sie Besuch hatte. Männlichen Besuch.«

Vielsagend sah er mich an, während er anzüglich mit den Brauen wackelte.

»Du meinst … sie und Opa Paul? O mein Gott! Haben die beiden etwa …?«

Es erschien mir unmöglich, was Henning da behauptete. Gleichzeitig hatte ich gerade selbst miterlebt, wie ruhig es im Zimmer geworden war, nachdem wir gegangen waren. War die ganze Streiterei der beiden am Ende nichts weiter als eine glanzreife Show?

»Nein, natürlich nicht. Also ich habe die beiden nicht in flagranti erwischt oder so. Vielmehr saßen sie in der Küche zusammen und haben Kaffee getrunken und Kuchen gegessen. Und …«

»Und?«, hakte ich nach.

»… sie haben sich unterhalten. Ganz normal. Ohne sich dabei anzugiften, den Tod an den Hals zu wünschen oder sonst welche Verwünschungen gegeneinander auszusprechen.«

Ungläubig sah ich Henning an, während wir hinunter ins Erdgeschoss gingen.

»Wenn ich dich richtig verstehe, dann saßen die beiden wie gute alte Freunde beisammen. Aber das ergibt doch überhaupt keinen Sinn. Käthe und Opa Paul können sich auf den Tod nicht ausstehen. Opa Paul würde lieber in Eiswasser baden, als Käthe auch nur freundlich einen guten Morgen zu wünschen.«

Henning grinste.

»Nach außen hin mag das so sein. Aber es scheint mir fast so, als hätten die beiden ein geheimes Doppelleben.«

Wieder ließ er seine Brauen anzüglich nach oben zucken.

»Es ging nur um Kaffee und Kuchen«, rief ich ihm in Erinnerung.

»Ja. Zumindest das, was ich gesehen habe«, erwiderte er keck und zwinkerte mir dabei vielsagend zu.

Kapitel 11

Die dreißigminütige Fahrt vom Inselkrankenhaus in Wyk zurück nach Nieblum verging wie im Flug. Während ich bei der Hinfahrt noch das Gefühl hatte, sie würde nie enden, war die Rückfahrt fast schon zu schnell vorbei.

Denn erst kurz vor dem Nieblumer Ortsschild stellte sich zwischen Henning und mir eine vertraute Stimmung ein. Wir unterhielten uns nicht länger über unsere Großeltern, sondern schwelgten in unseren eigenen Erinnerungen. Manche davon waren komisch. Wieder andere regten zum Nachdenken an.

»Ich habe mich übrigens sehr über deine Briefe gefreut«, offenbarte ich Henning, nachdem ich all meinen Mut zusammengenommen hatte.

Dieser sah mich von der Seite an, ehe er sich wieder auf den Verkehr konzentrierte.

»Es freut mich, dass du deine Freude an den Briefen hattest, die ich dir vor fünfzehn Jahren geschickt habe.«

Erst jetzt wurde ich mir der Tatsache bewusst, dass zwischen dem Henning, der mir die Briefe geschickt hatte, und dem Henning von heute ein halbes Leben lag.

Das, was er mir damals geschrieben hatte, war Schnee von gestern, wenn man so wollte. Dazwischen lagen so viele Jahre, in denen wir uns weder gehört noch gelesen hatten. Und dennoch hatte ich beim Lesen der Briefe das Gefühl gehabt, Henning hätte sie gerade erst für mich geschrieben und zur Post gegeben.

»Es tut mir leid, dass sie nicht früher bei mir ankamen.«

Henning sah mich abermals an. Diesmal mit einer Spur Wehmut im Blick. Doch nur kurz. Dann war sie wieder verschwunden.

»Es ist nicht deine Schuld, Meike. Was war, lässt sich nicht mehr ändern.«

Henning hatte recht.

Es war wenig zielführend, sich mit der Vergangenheit zu beschäftigen, indem man sich Vorwürfe über Dinge oder Handlungen machte, die man nicht beeinflussen konnte. Auch wenn ich hoffte, Post von Henning zu erhalten, konnte ich nicht wissen, dass Opa Paul sie abfangen und mir vorenthalten würde. Das war etwas, womit ich schlichtweg nicht rechnen konnte, weil ich nie erwartet hätte, dass er so handeln würde.

»Es ist schade«, räumte ich ein.

»Wie meinst du das?«, fragte Henning, ehe er in die Strandstraße einbog.

»Es ist schade, weil wir nun nicht wissen, was gewesen wäre, wenn …«, hob ich an.

Henning parkte den Wagen an der Straße vor Käthes Haus. Er schaltete den Motor aus und sah mich dann ruhig an.

»Das ist es wirklich«, erwiderte er nach einer Weile, in der wir uns einfach nur angesehen und geschwiegen hatten.

Jeder von uns beiden hing seinen eigenen Gedanken nach, ohne den anderen dabei aus den Augen zu lassen.

Erinnerungsfetzen schossen mir durch den Kopf und zeigten Henning und mich am Strand, auf der Picknickdecke in Käthes Garten und beim Knutschen hinter der Düne am Strand.

Was wäre wohl gewesen, wenn Hennings Briefe mich erreicht hätten? Hätte es dann mehr von diesen Erinnerungen gegeben? Oder wäre das Band zwischen uns zwangsläufig irgendwann gerissen, weil er mit seiner Familie nach Kanada gegangen war und ich hier auf Föhr lebte?

»Ich …«, hob ich an, als es plötzlich an meiner Scheibe klopfte.

Erschrocken zuckte ich zusammen und sah nach, wer dort in meinem Rücken stand. Ich vermutete bereits meine Mutter mit vor Wut funkelnden Augen, weil ich mich mit Henning abgab. Dem Henning, der die Luft aus den Reifen ihres Wagens gelassen hatte. Doch mir gegenüber, nur getrennt von einer dünnen Fensterscheibe, stand nicht meine Mutter.

»Kai?«, fragte ich fassungslos.

»Kennst du den?«

Henning klang eine Spur besorgt.

»Das ist mein Ex-Verlobter«, erklärte ich ihm, nahm dabei meine Handtasche aus dem Fußraum und öffnete hektisch die Tür.

Dann wandte ich mich erst noch mal Henning zu.

»Danke dir. Du hast was gut bei mir«, sagte ich.

Henning machte eine wegwerfende Handbewegung.

»Ich bin immer für dich da. Egal, worum es geht.«

Dabei sah er in Kais Richtung und ich verstand auch ganz ohne Worte.

»Was machst du hier?«, fragte ich Kai, kaum dass ich die Beifahrertür geschlossen hatte.

»Ich brauch dich, Meike. Du bist die Frau meines Lebens. Ich war so ein Idiot, als ich dir sagte, unsere Beziehung würde mich überfordern.«

Als Kai ohne Punkt und Komma auf mich einzureden begann, hob ich meine rechte Hand wie ein Stoppschild in die Höhe und versuchte ihn auszubremsen.

»Halt! Warte! Das sind zu viele Informationen auf einmal. Lass uns ins Haus gehen!«, entschied ich und erinnerte mich erst dann daran, dass meine Mutter sicher auch dort sein würde.

Doch es half nichts. Ich wollte nicht mit Kai auf offener Straße diskutieren. Und noch viel weniger wollte ich mit ihm an den Strand oder in ein Café gehen. Er sollte sagen, was er zu sagen hatte, und dann wieder verschwinden.

Innerlich kochte ich vor Wut, weil er mir den Moment mit Henning kaputtgemacht hatte und sich einbildete, nur hier auftauchen zu müssen, um mich wieder um den Finger zu wickeln. Aber so einfach war das nicht. Vor allem dann nicht, wenn ich das überhaupt nicht mehr wollte.

»Mama, bist du da?«, rief ich in das alte Kapitänshaus meiner Familie.

Wie viele Streitgespräche hatten hier wohl in all den Jahren bereits stattgefunden? Wie viele Male hatte man sich verabschieden müssen und dann wieder in den Armen liegen dürfen?

Schnurstracks ging ich in die Küchentür, dann in mein altes Zimmer. Ich schaute ins Wohnzimmer und klopfte an die Badezimmertür, doch meine Mutter blieb verschwunden. Sollte mir recht sein. So konnte ich ungestört mit Kai sprechen und ihm klarmachen, dass er nicht einfach hier auftauchen und mich zurückfordern konnte. Schließlich war ich keine Ware, die man nach Belieben zurückschicken und wieder anfordern konnte. Wenn man es so nennen wollte, dann war ich vom Umtausch ausgeschlossen.

Unentschlossen, wo ich mit Kai sprechen sollte, entschied ich mich letztlich für die Küche, in der es heute schon heiß hergegangen war. Sie erschien mir der beste Ort im Haus zu sein, um ein klärendes Gespräch zu führen.

»Was machst du hier, Kai?«, fragte ich ihn unumwunden.

Wie um mir in Erinnerung zu rufen, was er mir soeben auf der Straße gesagt hatte, deutete er nach draußen.

»Ich weiß, was du gesagt hast. Aber woher weißt du, wo ich mich aufhalte? Und wie kommst du ausgerechnet jetzt auf die Idee, hier aufzutauchen und mein Leben ein weiteres Mal durcheinanderzuwirbeln?«

Es gelang mir nur schwerlich, mich zurückzuhalten und ihn nicht anzuschreien.

»Ich liebe dich, Meike. Ich habe dich immer geliebt. Die Hochzeit hat mir Angst gemacht. Ich … kann dir nicht sagen, warum. Aber jetzt weiß ich sicher, dass das nur Hirngespinste waren.«

Er lief auf mich zu und nahm meine Hände in die seinen. Das passierte so schnell, ich konnte nichts dagegen tun.

»Wir sind doch füreinander bestimmt, Meike. Du und ich gegen den Rest der Welt. Wir sind ein unschlagbares Paar, haben dieselben Ziele im Leben und wollen vorankommen. Ganz im Gegensatz zu anderen Leuten.«

Bei seinem letzten Satz wurde ich stutzig.

»Wie meinst du das?«, hakte ich nach.

»Wir wollen beide ein Haus in München, Kinder, eine …«

»Nein, das meinte ich nicht«, unterbrach ich ihn mitten im Satz. »Das mit den anderen Leuten. Wen hast du damit gemeint?«

Kai machte eine wegwerfende Handbewegung.

»Niemand im Speziellen«, behauptete er.

Doch ich konnte ihm an der Nasenspitze ansehen, dass er mich anlog. Er hatte jemanden ins Auge gefasst, den er mit diesen Worten schlecht machen wollte. Wen er damit meinte, konnte ich nicht mit Gewissheit sagen. Ich hatte zwar einen Verdacht, aber der musste sich erst noch erhärten.

»Du bist also gekommen, weil du plötzlich gemerkt hast, dass dir etwas fehlt.« Nüchtern fasste ich seine Informationen zusammen und klang dabei weit weniger romantisch als Kai zuvor.

»Mir fehlt nicht irgendwas. Du fehlst mir, Meike. Nur du. Und das habe ich jetzt endlich begriffen. Ich war ein Idiot, als ich dich gehen ließ.«

Das warst du wirklich, pflichtete ich ihm in Gedanken bei.

»Und woher kommt dein plötzlicher Sinneswandel?«, hakte ich nach und verschränkte dabei die Arme vor der Brust.

Wir standen uns noch immer gegenüber. Ich hatte Kai nicht angeboten, Platz zu nehmen, weil ich diese Angelegenheit hier schnellstmöglich hinter mich bringen wollte. Außerdem spürte ich, dass etwas im Busch war. Ich wusste nur noch nicht, worum es dabei ging.

»Du hast mir gefehlt«, behauptete Kai und klang dabei nicht überzeugend.

Es schien fast so, als hätte ihn jemand auf die richtige Spur gebracht. Wobei fraglich war, ob das hier wirklich die richtige Spur war.

»Noch mal: Wer hat dir verraten, wo ich bin?«

Auf diese Frage hatte mir Kai bislang keine Antwort gegeben.

»Ich habe deine Mutter angerufen und gefragt, wo du steckst«, offenbarte er schließlich.

Wobei mich irgendwas an der Art und Weise, wie er es sagte, an seiner Aussage zweifeln ließ. Noch war ich nicht sicher, was es war, aber ich würde ihm schon auf die Schliche kommen.

»Was sagst du?«

Wie ein kleiner Junge, der seinen Lolli nicht bekommen hatte, stand Kai vor mir und sah mich auffordernd an. Es fehlte nur noch, dass er mit seinem Fuß auf dem Boden aufstampfte und »Gemein, gemein« rief.

»Was ich jetzt sage? Ist das dein Ernst? Noch vor wenigen Tagen hast du mich hintergangen, sagst mir dann, dass ich dir zu viel bin, und meldest dich nie wieder bei mir, Und tauchst jetzt urplötzlich vor Opa Pauls Haus auf und willst mich zurückhaben. Ganz ehrlich, Kai, so geht das nicht.«

Resigniert ließ er die Schultern nach unten sacken und sah mich wie ein begossener Pudel an.

»Aber ich bin doch extra zu dir auf die Insel gekommen. Und du weißt, wie ungern ich hier bin.«

Wenn er ernsthaft von mir erwartete, dass ich es ihm hoch anrechnete, gegen seinen Willen auf eine der liebsten Urlaubsinseln der Deutschen gefahren zu sein, dann war ihm auch nicht mehr zu helfen.

In den letzten Tagen hatte ich viel Zeit gehabt, mir Gedanken über unsere Beziehung zu machen. Mir war klar geworden, dass ich in der Vergangenheit viel zu oft nachgegeben hatte, wenn es darum ging, Kais Wünsche zu respektieren. Wann hatte er mich denn mal gefragt, was mir wichtig war? Ich konnte mich nicht daran erinnern.

»Es hat dich niemand gezwungen«, erwiderte ich mit eisiger Stimme.

Wenn ich etwas nicht leiden konnte, dann Menschen, die anderen ein schlechtes Gewissen einzureden versuchten.

Und bei genauerer Betrachtung war Kai ein Meister darin. Wenn ich müde auf der Couch gelegen hatte und nicht ins Kino wollte, weil der Tag an der Uni so anstrengend gewesen war, dann hatte er so lange auf mich eingeredet, bis ich doch mit ihm gegangen war. Und führte er mir dabei stets vor Augen, dass ich es ihm versprochen hätte, wir ohnehin viel zu selten etwas gemeinsam unternahmen und ich diejenige von uns beiden war, die sich nicht anstrengte. Obwohl das keinesfalls so war.

Aber Kai fand immer Mittel und Wege, um mich bei der Wurzel zu packen. Bis heute.

»Das war's? Ich komme extra zu dir nach Föhr, lasse in München alles stehen und liegen und nun sagst du mir, dass ich mich zum Teufel scheren soll? So nicht, Meike. Das wird noch ein Nachspiel haben. Das sag ich dir.«

Dann machte er auf dem Absatz kehrt und war so schnell zur Tür hinaus, dass ich gar nicht wusste, wie mir geschah.

Was genau hatte er mir mit seiner Drohung sagen wollen? Dass er zurück nach München fahren und mich endlich in Ruhe lassen würde? Ich hoffte inständig darauf, konnte ihm meinen Wunsch jedoch nicht mehr mit auf den Weg geben, da er bereits aus dem Haus war und wie Rumpelstilzchen gerade in Richtung Strand abmarschierte.

Ob er dabei wohl auch »Heute back ich, morgen brau ich, übermorgen hole ich mir der Königin ihr Kind. Ach, wie gut, dass niemand weiß, dass ich Rumpelstilzchen heiß« vor sich hin brabbelte?

»Und?«, flötete plötzlich die Stimme meiner Mutter gefühlte vier Oktaven zu hoch durch den Flur.

Ich widerstand dem Bedürfnis, meine Hände auf die Ohren zu legen, nur unter Aufbietung all meiner Kraft.

»Wie bitte?«, fragte ich irritiert.

»Na, das war doch eben Kai, der aus dem Haus kam. Oder habe ich mich da getäuscht?«

Sie deutete hinaus in den Garten.

Offenbar hatte sie Rumpelstilzchen, ich meinte Kai, dabei beobachtet, wie er aus Opa Pauls Kapitänshaus gekommen war.

Verdammt doofes Timing!

»Er war da. Nun ist er wieder weg. Ende der Geschichte.«

Die Tatsache, dass meine Mutter es kaum erwarten konnte, zu erfahren, was Kai und ich gesprochen hatten, stimmte mich fast noch eine Spur wütender als Kais Auftritt. Außerdem fand ich es mehr als unsensibel, dass sie nicht nach Opa Paul fragte. Es stand schließlich zu befürchten, dass er sich ernsthaft verletzt hatte. Doch meiner Mutter schien das Wohl meines Großvaters nicht über ihre Neugier zu gehen.

»Das war alles?«, fragte sie mehr als enttäuscht.

Sie zog einen Flunsch und sah mich nach wie vor auffordernd an.

Ich zuckte demonstrativ mit den Schultern.

»Was willst du von mir hören?«

»Na, warum er hier war, natürlich.«

Sie machte ein schnalzendes Geräusch mit ihrer Zunge.

»Er war wohl ein wenig einsam. Nicht der Rede wert«, behauptete ich emotionslos.

»Dann will er dich also zurück?«, fragte sie und klatschte dabei übermütig in die Hände.

Hatte sie denn gar nicht bemerkt, wie kalt mich sein Besuch ließ?

»Noch kann ich den Caterer anrufen und den Termin rückbestätigen. Den habe ich nämlich wohlweislich offen gelassen. Bei so jungen Leuten weiß man ja nie, hab ich mir gesagt. Und jetzt bestätigt es sich mal wieder, dass ich ein gutes Näschen habe.«

Wie zum Beweis tippte sie sich an dieselbe.

»Hast du mir nicht zugehört? Kai und ich …«

Doch meine Mutter ließ mich gar nicht erst aussprechen.

»Wen rufe ich zuerst an? Oh, das Kleid! Das müssen wir unbedingt mal in Angriff nehmen. Deins wurde bereits verkauft.«

Merkwürdig! Gerade noch behauptete sie, wohlweislich nicht alles rund um die Hochzeit storniert zu haben und nun war mein Kleid weg. Das Kleid, wohlgemerkt, das ihr von Anfang an ein Dorn im Auge war.

»Es wird keine Hochzeit geben«, konkretisierte ich meine Aussage.

Doch meine Mutter machte nur eine abweisende Handbewegung.

»Natürlich wird es eine Hochzeit geben. Kai und du, ihr liebt euch. Das mit der Honigfalle hat sich auch aufgeklärt. Außerdem ist schon alles geplant. Die Einladungen wurden verschickt und viele der Gäste haben sich bereits ein Hotel gebucht und Urlaub genommen. Es wäre wirklich eine Schande, wenn du all diese Menschen enttäuschen würdest. Nicht zu vergessen die ganze Arbeit, die ich damit hatte.«

Daher wehte also der Wind. Meine Mutter hatte Sorge, die Arbeit, die sie sich mit meiner Hochzeit gemacht hatte, bliebe unberücksichtigt von Familienangehörigen und

Verwandten. Sie wollte ihren Lohn für die Arbeit, die sie an sich gerissen hatte und die ich ihr augenscheinlich zu leichtfertig überlassen hatte.

Am liebsten hätte ich mich selbst um alles gekümmert. Allerdings war mir schnell klar geworden, dass meine Mutter, die keine Aufgabe hatte und keiner Tätigkeit mehr nachging, etwas brauchte, an dem sie sich festklammern konnte. Und das mit beiden Händen. Also hatte ich allzu bereitwillig Ja gesagt, ohne mir die möglichen Konsequenzen vor Augen zu führen.

Das hatte ich nun davon.

Noch ehe ich etwas erwidern konnte, war meine Mutter aus der Küche verschwunden. Wenig später hörte ich ihre viel zu hohe Stimme, sie telefonierte. Keine Ahnung, wen sie nun zuerst angerufen hatte. Mein Entschluss stand jedoch fest: Ich wollte Kai nicht heiraten. Nicht mehr.

Kapitel 12

Am nächsten Morgen stahl ich mich wie eine Diebin aus dem Haus und machte mich auf den Weg ans Meer. Dort würde ich ungestört meinen Gedanken nachhängen und meiner Mutter aus dem Weg gehen können.

Noch vor Sonnenaufgang traf ich am Wasser ein. Das Meer lag dunkel, leicht bedrohlich vor mir. Keine Menschenseele war zu sehen. Für die obligatorischen Spaziergänger und Jogger war es zu früh. Ganz zu schweigen von den Urlaubern, die sich gerade vermutlich erst noch mal genüsslich auf die andere Seite drehten.

Seit ich gestern beschlossen hatte, Kai keine zweite Chance zu geben, versuchte ich dem Gedanken aus dem Weg zu gehen, der mich zu diesem Entschluss geführt hatte.

Denn auch wenn mich Kai zutiefst enttäuscht hatte, hatte jeder Mensch doch eine zweite Chance verdient. Oder etwa nicht?

Einerseits war ich zu verletzt, um Kai nach seinem überfallartigen Auftauchen zu sagen, dass wir es noch mal miteinander probieren könnten. Andererseits wollte ich es nicht. Nicht mehr. Und das hatte rein gar nichts mit Henning zu tun, der mir schlichtweg nicht mehr aus dem Kopf gehen wollte.

Oder?

Seufzend lief ich barfuß über den kalten Sand, um mich selbst zu fühlen. Ein pfeifend-schwirrendes Fluggeräusch war zu hören, eine Brandgans war ganz in der Nähe. Ich war also doch nicht allein.

Das Handy in meiner Manteltasche vibrierte. Eine Textnachricht von Leni, die schon in ihrer Backstube stand und sich danach erkundigte, wie es mir ging. Ich hatte ihr gestern Abend noch mein Leid geklagt, woraufhin sie mal wieder alles stehen und liegen lassen und zu mir fahren wollte. Es hatte mich einiges an Überredungskunst gekostet, sie davon abzuhalten.

Auch Fritzy hatte sich bei mir gemeldet. Sie war mittlerweile wieder in München, musste in den kommenden Tagen aber nach Fernost reisen. Sie bot mir ebenfalls an, vorbeizukommen und mir beizustehen.

Dankbar sah ich auf die Nachrichten meiner Freundinnen und wusste, dass ich mich nicht allein diesem Gefühlschaos in meinem Leben stellen musste.

Seit Kais Abgang gestern Nachmittag hatte er sich weder bei mir gemeldet noch war er ein weiteres Mal vorbeigekommen. Ich hegte inständig die Hoffnung, dass er mich jetzt in Ruhe lassen und von der Insel verschwinden würde.

Opa Paul wurde heute aus der Inselklinik entlassen. So viel Aufregung war sicher nicht gut für ihn. Es reichte schon, dass Mama und ich uns bei ihm eingenistet hatten.

Als ich an meinen Großvater dachte, fiel mir wieder der Zwischenfall mit Käthe gestern in seinem Krankenzimmer ein. Was war das nur zwischen den beiden? Und warum gaben sie vor, sich nicht ausstehen zu können, wenn sie offenbar durchaus etwas füreinander übrighatten? Schließlich war Käthe noch in Kittelschürze und Hausschuhen zum Krankenhaus aufgebrochen, um sich nach Opa Pauls Gesundheitszustand zu erkundigen.

Das machte man nicht, wenn einem nichts an dem anderen lag. Ganz sicher nicht. Also was war das zwischen den beiden?

»Konntest du auch nicht schlafen?«

Hennings Stimme kam mitten aus der Dunkelheit und erschreckte mich zu Tode.

»Bist du verrückt«, schrie ich ihn an, während mein Herz davongaloppierte.

Statt zu antworten, lachte er nur.

»Entschuldige bitte! Ich wollte dich nicht erschrecken.«

»Das ist dir leider nicht gelungen«, entgegnete ich und hatte meine liebe Not, mich wieder zu beruhigen.

Schließlich war ich felsenfest davon überzeugt gewesen, allein mit der Brandgans an diesem Strandabschnitt zu sein. Offensichtlich hatte ich mich getäuscht.

»Wollen wir ein paar Schritte zusammen gehen?« Henning machte mir ein Versöhnungsangebot.

Ich zuckte demonstrativ locker die Schultern.

Mein »Von mir aus« klang allerdings nicht ganz so beiläufig, wie ich es mir erhofft hatte.

Das lag vermutlich an der frühen Tagesstunde. Ich war noch nicht mal richtig wach und musste mich nicht nur meinen Gedanken, sondern auch einem der Gründe widmen, die mich vom Schlafen abhielten.

»Wie geht es deinem Opa?«, fragte er in die Stille hinein, nachdem wir schweigend ein paar Schritte gegangen waren.

»Ich habe gestern nichts mehr von ihm gehört, deshalb gehe ich davon aus, dass er heute entlassen wird.«

Henning sagte nichts dazu, sondern ging seinen Weg an meiner Seite unbeirrt weiter.

»Ganz schön was los im alten Kapitänshaus der Landwehrs«, sagte er nach ein paar weiteren Metern.

»Spielst du auf Kais Besuch an?«, fragte ich ihn direkt und hielt in der Bewegung inne.

Auch Henning blieb stehen.

»Vielleicht«, antwortete er vorsichtig.

Er bedachte mich mit einem unsicheren Blick.

Seufzend erwiderte ich ihn.

»Kai ist gekommen, um mir zu sagen, dass er noch immer an mir hängt und mich zurückwill.«

Es brachte nichts, um den heißen Brei herumzureden. Außerdem war ich Henning die Wahrheit schuldig. Irgendwie. Schließlich hatte er mich nicht nur zu Opa Paul in die Inselklinik gebracht, sondern mir auch geholfen, dass sich meine Gedanken nicht mehr nur um meine Probleme drehten, die ich in meinem Gepäck aus München mitgebracht hatte.

Zwar hatte er dafür gesorgt, dass ich mittlerweile ganz andere, neue Probleme hatte, aber dafür konnte er letztlich nichts. Das hatte ich einzig und allein mir zuzuschreiben.

»Okay. Und was hast du ihm geantwortet?«

Henning schien äußerst interessiert daran zu sein, wie das Gespräch verlaufen war. Dennoch versuchte er es sich nicht anmerken zu lassen und setzte seinen Weg fort. In seinem Windschatten folgte ich ihm den langen Strandabschnitt entlang, während die Sonne langsam aufging und mir zeigte, dass wir gar nicht so allein waren, wie ich gedacht hatte.

Ein Austernfischer machte mit seinem orangefarbenen Schnabel Jagd auf Würmer, Krebse und Muscheln und ließ sich herzlich wenig von uns stören. Daneben stakste eine Silbermöwe durch den Sand und wirkte so würdevoll, dass man fast meinen konnte, sie sähe auf den Austernfischer herab, der sich dort bei einsetzender Ebbe durchs Watt kämpfte.

»Ich habe ihn weggeschickt und ihm gesagt, dass er mich in Ruhe lassen soll.«

Zwar hatte ich mich nicht ganz so drastisch ausgedrückt, aber im Grunde gaben meine Worte das gestrige Gespräch gut wieder.

»Bist du dir sicher?«, fragte Henning ernst.

»Dass ich ihn nicht mehr zurückwill?«

Es war mir nicht ganz klar, worauf Henning mit seiner Frage hinauswollte.

»Vielleicht spricht da dein verletzter Stolz aus dir. Was aber, wenn der abgeklungen ist und dir die Ernüchterung bleibt, die falsche Entscheidung getroffen zu haben?«

Henning sah mich flüchtig von der Seite an, als wollte er nachschauen, was seine Worte mit mir anrichteten.

»Kai hat mir vor ein paar Tagen gesagt, das Leben mit mir wäre ihm zu viel geworden. Das hat mich schwer getroffen. Er hat nicht gesagt, dass er mich nicht mehr liebt, aber er hat mir äußerst verständlich klargemacht, dass ihn die Zeit mit mir belastet. Und ich möchte keine Belastung sein. Ich möchte geliebt werden, so wie ich bin. Mit all meinen guten und schlechten Seiten.«

Es tat gut, mit jemandem von Angesicht zu Angesicht zu sprechen und sich Luft machen zu können. Reflektiert, ohne dabei über Kai und das, was er sich geleistet hatte, herzuziehen. Darum ging es nicht.

Henning lief einige Meter schweigend neben mir her. Ich erwartete schon, dass er abermals indirekt Partei für Kai ergriff, obwohl er ihn überhaupt nicht kannte. Was hoffentlich auch so blieb.

Denn Kai war der abgeklärte Finanzmann, der alles plante und genau wusste, wo er beruflich in fünf Jahren stehen wollte. Und er hielt sich an seine 5-Jahres-Pläne. Bedingungslos und ohne Ausnahme.

Henning hatte alles über Bord geworfen, was sein früheres Leben ausgemacht hatte, und eine Surfschule eröffnet.

Verschiedener konnten die beiden gar nicht sein. So viel stand schon mal fest.

»Heute Abend findet das Richtfest beim neuen Hotelkomplex statt, an dem dein Großvater mitbaut. Hast du vielleicht Lust, mich dorthin zu begleiten?«

War das gerade eine Einladung? So etwas wie ein Date? Aber das war lächerlich. Bei einem Date ging man ins

Kino oder Essen. Ein Richtfest war da schon eher als eine …

»Meike?«, riss Henning mich aus meinen Gedanken.

Erst jetzt wurde ich mir ihrer bewusst.

»Klar! Wieso nicht?«, erwiderte ich so cool, wie ich konnte, während es in meiner Schaltzentrale im Hirn mächtig rauchte.

Sämtliche verfügbaren grauen Zellen schienen sich mit der Frage auseinanderzusetzen, was Henning mit seiner Einladung bezweckte. Wollte er nur nett sein und mich auf andere Gedanken bringen? Oder lag ihm daran, mehr Zeit mit mir zu verbringen? Was war seine Motivation?

»Dann hole ich dich gegen achtzehn Uhr ab«, sagte er und es klang nach einem Abschied.

»Fein«, erwiderte ich und wirkte dabei in meinen Ohren eine Spur zu sehnsuchtsvoll.

»Bis später. Ich laufe jetzt noch eine Runde und gehe dann zur Surfschule rüber. Eine Gruppe Surfer hat sich angemeldet. Das könnte lustig werden.«

»Wieso das?«

Jetzt hatte er mich neugierig gemacht.

»Na, die Teilnehmer sind alle über sechzig. Ich bin gespannt, wie sie sich auf den Wellen machen.«

Das klang nach einer Menge Arbeit.

»Ich drück dir die Daumen, dass es alle wieder heil an Land schaffen.«

Henning legte seinen Zeigefinger an die Stirn und salutierte dann. Schon im nächsten Moment rannte er davon, als wäre der Teufel höchstpersönlich hinter ihm her.

Kapitel 13

Auf dem Rückweg fiel mir eine Ausschreibung des Museums *Kunst der Westküste* in Alkersum ins Auge. Eine wissenschaftliche Mitarbeiterin wurde gesucht, die museumspädagogische Erfahrung vorweisen konnte. Das konnte ich zwar nicht, dennoch klang die Stelle interessant.

Kurzerhand blieb ich stehen und las mir den kompletten Zettel durch. Die Ausschreibung lief sogar noch ein paar Tage. Auch die Beschreibung sprach mich an und eine fünfundsiebzigprozentige Stelle würde mir vermutlich genügend Raum geben, meine Dissertation fertigzuschreiben.

In meinem Kopf begann es zu arbeiten. Ich machte mir das erste Mal Gedanken darüber, wie ein Leben auf der Insel sein könnte. Natürlich müsste ich mir eine Wohnung suchen. Mit Opa Paul längerfristig unter einem Dach zu leben, war auf Dauer keine Option. Dafür brauchte man nicht nur extrem starke Nerven, sondern auch einen festen Willen.

Neben der Frage nach einer dauerhaften Bleibe mischten sich Gedanken bezüglich Henning und mir. Ob wohl eine Chance für uns bestand, dass wir uns wieder näherkamen, wenn wir beide auf der Insel lebten?

Bei diesem Gedanken kribbelte mein Magen wie verrückt. Am liebsten wäre ich sofort nach Hause gerannt, um meine Bewerbungsunterlagen für das Museum fertigzustellen. Allerdings gab es sicher viele Bewerber für diese Stelle und ich war nicht die einzige. Leider. Gut möglich, dass ich nicht mal zu einem Vorstellungsgespräch eingeladen wurde.

Und was, wenn Henning überhaupt kein Interesse hatte, zwischen uns etwas neu zu beleben? Was, wenn er bereits eine Freundin hatte? Ich hatte ihn nie gefragt. Dennoch bestand durchaus die Möglichkeit, dass er liiert war.

Aber würde er dann heute Abend mit mir auf das Fest gehen wollen? Wohl kaum. Oder?

Mit dem Handy machte ich ein Foto von der Ausschreibung und ging dann zur Bäckerei Hansen, die mittlerweile geöffnet hatte. Im Sommer bildete sich regelmäßig eine lange Schlange vor der Eingangstür. Oftmals war das Sortiment bereits gegen elf Uhr ausverkauft. Doch Ende März war die Welt noch in Ordnung. Da gehörte den Insulanern nicht nur mehr oder weniger die Insel allein, sondern auch die Backwaren von Bäcker Hansen.

Neben dem obligatorischen Franzbrötchen ließ ich mir noch ein Rosinenbrötchen, zwei Eierwecken und das Brot *Unse Witte* einpacken. Meine Mutter lag vermutlich nach wie vor in den Federn und würde sich hoffentlich freuen, wenn ich Frühstück mitbrachte. Und danach würde ich in aller Ruhe mit ihr über die Hochzeit reden müssen, deren Planung für sie mittlerweile zu einer Art Obsession geworden war.

Anstatt ihr so viel Verantwortung an der Organisation zu übertragen, hätten Kai und ich viel mehr Eigeninitiative zeigen müssen. Aber am Ende war man immer klüger. Und vielleicht war das auch ein Hinweis darauf, dass wir gar nicht richtig bei der Sache waren.

Unabhängig davon, was das mit Henning und mir war, Kai und ich waren in den vergangenen Monaten eher voneinander abgedriftet, als dass wir in den Hafen der Ehe eingelaufen wären. Sosehr ich auch dachte, die Heirat würde der schönste Tag in meinem Leben werden, so sehr hatte ich mir etwas vorgemacht. Eine Illusion, die sich so schön anfühlte und letztlich in einem Albtraum hätte enden können.

»Moin, Meike. Wie schön, dich mal wiederzusehen. Wie geht es dir?«

Pfarrer Ostendorf war ein schlaksiger großer Mann Ende fünfzig, der immer ein Lächeln auf den Lippen hatte und nie müde wurde, seine Schäfchen ins Trockene zu bringen. Ob Taufen, Hochzeiten, Sonntagsgottesdienste oder Beerdigungen – der Mann war stets perfekt vorbereitet, um seinen Segen zu spenden, Hoffnung zu machen oder sein Beileid auszudrücken.

»Hallo, Pfarrer Ostendorf. Ja, ich besuche mal wieder Opa Paul. Und so weit geht es mir auch ganz gut.«

Er lächelte. Eine Reihe krummer Zähne kam zum Vorschein, die sein Markenzeichen waren.

»Das freut mich zu hören. Sehen wir uns heute Abend beim Richtfest? Ich werde dort ein paar Worte sprechen.«

Offenbar war das Richtfest eine größere Veranstaltung als erwartet.

»Ja, ich werde kommen.«

»Schön, schön. Bis dahin genieß das gute Wetter. Gegen siebzehn Uhr könnte es noch mal kurz regnen, aber das ist nicht ganz sicher. Mein linker Fuß hat heute Morgen gejuckt. Da weiß man nie. Jetzt muss ich leider weiter. Grüß Paul von mir. Er soll sich mal im Gottesdienst blicken lassen.«

Und damit war er auch schon wieder verschwunden, um sich anderen Schäfchen seiner Gemeinde zuzuwenden. Nie zuvor hatte ich einen Mann Gottes gesehen, der so abergläubisch war. Aber das nur am Rande. Pfarrer Ostendorf war nämlich einer von den Guten, um das von vornherein richtigzustellen.

Bis zu Opa Pauls Kapitänshaus waren es nur wenige Schritte. Das erste Mal, seit ich hier entlanglief, sah ich mich rechts und links des Weges um. Die Häuser der Nachbarn hatten sich wenig bis gar nicht verändert. Alles war wie immer. Im Garten der Kramers stand ein frisch gepflanzter Kirschbaum und bei den Martens hing nun eine Schaukel an dem knorrigen Ast der uralten Eiche. Ansonsten schien die Zeit stehen geblieben zu sein.

Mit einem unguten Gefühl im Magen öffnete ich das weiße Gartentor und hielt mich auf dem Weg aus Steinplatten, bis ich an der hellblauen Tür ankam. Die Farbe wurde von der Sonne angestrahlt, sodass sie noch kräftiger leuchtete.

Ich wollte gerade die Tür öffnen, als sie von innen aufgerissen wurde.

»Da bist du ja endlich. Wir haben so viel zu tun und du treibst dich draußen rum und kaufst beim Bäcker ein«, sagte meine Mutter mit Blick auf die Tüten in meiner Hand.

»Ich wollte nur …«

Ohne abzuwarten, was ich ihr zu sagen hatte, riss sie mich wenig zimperlich mit sich ins Haus und zog mich in die Küche, in der der Tisch bereits voller Zettel in den buntesten Farben lage.

Noch ehe sie mir etwas dazu sagen konnte, klingelte ihr Telefon.

»Da muss ich rangehen. Superwichtig!«, flötete sie und wirkte dabei mächtig zufrieden mit sich und der Welt.

»Ja, Herr Schlöterbeck. Das hört sich gut an. … Wie schön! … Ja, natürlich. … Um Gottes willen! … Ha, ha, ha. … Genau. Sie haben es erfasst.«

Während sie telefonierte, holte ich mir einen Teller und kochte mir einen Tee. Da Opa Paul nicht da war und meine Mutter offenbar mit wichtigeren Dingen beschäftigt war, stand die Thermoskanne im Schrank. Kaffee gab es noch keinen. Aber das war in Ordnung. Wenn ich mir das Chaos auf dem Tisch so ansah, war ein Kräutertee sicher die bessere Wahl, um einem unruhigen Magen vorzubeugen. Eine Valium wäre auch nicht von der Hand zu weisen. Bei der war ich mir allerdings, im Gegensatz zum Tee, sicher, dass ich sie nicht im Haus finden würde.

»So, meine liebe Meike. Es geht voran. Wir können uns glücklich schätzen, dass ich zu all den Dienstleistern immer überaus freundlich und charmant gewesen bin. Die Planungen konnten fortgeführt werden, als hätte es nie eine Unterbrechung gegeben. Ach, das wird herrlich! Ich habe sogar noch eine größere und prunkvollere Kutsche auftreiben können. Mit vier weißen Schimmeln davor. Ist das nicht toll? Ich bin ganz verzückt. Aber du sagst ja gar nichts? Was ist denn los?«

Am liebsten hätte ich geantwortet, dass sie mir ja keine Chance ließ, etwas zu erwidern, da sie ohne Punkt und Komma auf mich einredete. Allerdings war ich mir hinreichend der Tatsache bewusst, dass das gar keine gute Idee war.

»Mama, ich weiß, du willst es nur ungern hören, aber es wird keine Hochzeit geben!«

Auch wenn meine Mutter es sich zur Lebensaufgabe gemacht hatte, die perfekte Hochzeit zu planen, musste ich sie wohl oder übel mit der Realität konfrontieren. Das Leben war kein Ponyhof. Zeit, dass sie sich den Gegebenheiten stellte und mit dem Thema abschloss.

Eingeschnappt verschränkte sie die Arme vor der Brust.

»Es liegt an diesem Henning. Oder? Der Kerl hat schon immer für Probleme gesorgt. Was hat er dir versprochen, hm? Will er dich an seiner kleinen Surfschule beteiligen? Wie lächerlich. Der Typ ist so armselig.«

»Henning ist Rechtsanwalt«, erwiderte ich trocken, als ich es nicht mehr ertrug, wie herablassend sie über ihn sprach.

»Rechtsanwalt? Bist du dir sicher? Wenn er wirklich ein Rechtsanwalt wäre, warum sollte er dann diese lächerliche Surfschule am Strand führen?«

Meine Mutter konnte sich ehrlich keinen Reim darauf machen. Sie verstand nicht, dass ein erlernter Beruf nicht unbedingt auch Erfüllung brachte, da sie selbst nie wirklich gearbeitet hatte. Als Erbin mehrerer Mietwohnungen in Schwabing und der Maxvorstadt war das nie nötig gewesen. Aber das war eine andere Geschichte.

»Wie dem auch sei, ich an deiner Stelle würde mir das mit Kai noch mal überlegen. Der Mann ist eindeutig die bessere Partie, wenn du mich fragst. Außerdem, was willst du denn auf Föhr? Hier liegt der Hund begraben. Jedes Mal, wenn du was erleben willst, musst du rüber aufs Festland, und dort erwartet dich erst mal die nordfriesische Eintönigkeit. Bis zur nächstgrößeren Stadt ist es weit.«

»Es geht nicht um Föhr oder um Henning, Mama. Es geht darum, dass ich Kai nicht heiraten möchte, weil ich keine gemeinsame Zukunft mit ihm sehe. So einfach ist das.«

Meine Stimme war lauter geworden, als ich es eigentlich wollte. Aber die Emotionen kamen plötzlich so über mich, dass ich schlecht aus meiner Haut konnte. Außerdem war es allmählich an der Zeit, meiner Mutter vor Augen zu führen, dass sie ihre Planungen nicht weiterführen konnte. Die Dienstleister, die sie da einen nach dem anderen anrief und buchte, mussten bezahlt werden. Bei kurzfristiger Stornierung fiel oft der komplette Betrag an. Ob sie sich dieser Tatsache bewusst war? Am Ende hatte sie eine perfekt geplante Hochzeit mit Kutsche und allem Drum und Dran, nur das Hochzeitspaar fehlte.

Aber vermutlich würde meine Mutter auch dafür eine Lösung finden.

Nur nicht für die Tatsache, dass ich Kai nicht mehr liebte. Aber das konnte ich zu diesem Zeitpunkt noch nicht offen aussprechen. Es dauerte ein wenig, bis ich mir meiner eigenen Gefühle ganz sicher war und diese auch mit jemandem teilen wollte.

»Manchmal frage ich mich wirklich, was ich in deiner Erziehung falsch gemacht habe.«

Am liebsten hätte ich *»Alles«* geantwortet, aber das verkniff ich mir dann doch lieber, damit die Situation nicht gänzlich eskalierte. Noch hatte ich die Hoffnung, sie könnte sich damit abfinden und einsehen, dass ihre Bemühungen zum Scheitern verurteilt waren.

»Möchtest du etwas frühstücken?«, wechselte ich daher unvermittelt das Thema.

»Dafür bleibt keine Zeit. Ich muss noch ein wichtiges Telefonat führen.«

Und bevor sie den Satz beendet hatte, war sie schon zur Tür raus.

Gut, dann eben nicht. Ich hatte mich ehrlich bemüht und war auch bereit gewesen, einen Schritt auf meine Mutter zuzugehen. Allerdings hieß das nicht, dass sie unbekümmert in ihrer Traumwelt weiterleben konnte. Zumindest wenn der Aufschlag auf dem harten Boden der Tatsachen nicht allzu schmerzvoll sein sollte.

Nach dem Frühstück schaute ich mir die Internetpräsenz des Museums an, dessen Ausschreibung ich gelesen hatte. Interessiert scrollte ich über die Seiten und informierte mich über meinen möglichen neuen Arbeitgeber.

Das Aufgabengebiet gefiel mir. Neben der Märchenstunde, die regelmäßig stattfand, gab es Workshops für

Kinder, um ihnen Kunst und Kultur näherzubringen. Darin sah ich mein Steckenpferd. Denn so gerne ich auch mit den Studenten an der Uni zu tun hatte, im Grunde wollte ich immer schon viel lieber mit Kindern arbeiten.

Eine Zeit lang hatte ich sogar überlegt, Grundschullehrerin zu werden. Allerdings war meine Mutter der Ansicht gewesen, dass die Besoldungsgruppe, in die ich fallen würde, zu gering ausfallen würde. Also hatte sie alles darangesetzt, mir diese Idee wieder auszureden.

Was war, ist lange her und ließ sich nicht mehr ändern. Dennoch gab es immer noch Möglichkeiten, alte Träume neu zu beleben und sie sich zu erfüllen.

Da das Museum ohnehin bald öffnete, entschied ich mich, in den kommenden Tagen dort vorbeizufahren und es mir anzusehen. Auf diese Weise würde ich ein Gespür dafür bekommen, ob meine zukünftige Wirkungsstätte mir gefallen würde.

In diesem speziellen Fall wollte ich nur ungern etwas dem Zufall überlassen. Ähnliche Jobs waren auf der Insel nämlich rar gesät. Und je länger ich darüber nachdachte, desto wohler fühlte ich mich bei dem Gedanken, auf der Insel zu bleiben.

Opa Paul wurde schließlich nicht jünger. Er brauchte jemanden, der sich um ihn kümmerte. Auch wenn es nur darum ging, ihm frische Kleidung und Waschzeug ins Krankenhaus zu bringen.

Apropos Krankenhaus. Wann würde er wohl entlassen werden?

Mein Blick schweifte zur Uhr über der Küchentür. Der Unfall war nun gut und gerne vierundzwanzig Stunden her. Es war also durchaus möglich, dass er bald wieder hier aufkreuzen würde.

Und noch während ich darüber nachdachte, öffnete sich die Küchentür.

»Riecht es hier etwa nach Kräutertee? Ist jemand krank?«

Opa Pauls Stirn war gerunzelt, während sein Blick auf den Tisch fiel.

»Und was sind das denn für Zettel auf meinem Esstisch? Kann man die essen oder was?«

»Die gehören meiner Mutter«, erklärte ich und stand sogleich auf, um Opa Paul einen Kaffee zu kochen.

»Wie geht es dir? Wie bist du aus dem Krankenhaus hergekommen?«

Schwerfällig ließ er sich auf seinen Stuhl fallen. Die kleine Reisetasche, die ich ihm gestern in die Inselklinik gebracht hatte, stand neben ihm auf dem Boden.

»Ole, der Krankenpfleger, wohnt in Nieblum. Seine Schicht war zu Ende. Also hat er mich mit nach Hause genommen. Ist ein guter Junge. Seine Mutter Görde war mit mir in der Schule«, berichtete er und kratzte sich dabei am Kopf.

»Wie geht es dir?«, hakte ich noch mal nach, als er mir die Antwort auf die Frage schuldig blieb.

Opa Paul zuckte mit den Achseln.

»Wie solls einem schon gehen, wenn man in einem dieser harten Krankenhausbetten übernachten musste? Eine Zumutung sind die Dinger, das sag ich dir. Beim nächsten Mal sterb ich lieber, als noch eine Nacht darin zu verbringen.«

In eine Familie voller Menschen geboren worden zu sein, die ganz genau wussten, was sie wollten, konnten manche als Gabe sehen. Mir wurde es gerade zu viel. Unter einem Vorwand verabschiedete ich mich von meinem Großvater, stellte ihm noch die Tasse frisch aufgebrühten Kaffees auf den Tisch und ließ das Haus meiner Ahnen schließlich hinter mir.

Kapitel 14

Leichter Nieselregen hatte eingesetzt. Was nicht weiter schlimm gewesen wäre, wenn der Wind es sich nicht zur Aufgabe gemacht hätte, mir das Wasser geradewegs ins Gesicht zu pusten.

Dem Friesennerz, den ich an der Garderobe gefunden und angezogen hatte, verdankte ich es, dass ich nicht bis auf die Haut nass war. Das leuchtende Gelb half ebenfalls dabei, die Stimmung etwas zu heben.

Der erste Regen nach vermeintlich schönen Frühlingstagen war immer ein Bruch in der Statistik und drückte aufs Gemüt. Aber der Nordfriese wusste genau, dass auf Regen Sonnenschein folgte. Oftmals auch Wind, mit dem war man ja hier auf der Insel hinreichend vertraut.

Da ich bei dem Wetter nicht länger draußen herumspazieren wollte und mein Zuhause mir momentan wenig verheißungsvoll erschien, entschied ich mich, den Bus nach Wyk zu nehmen und dort das Robbenzentrum zu besuchen.

Opa Paul hatte ich früher das ein oder andere Mal überreden können, mit mir dorthin zu gehen, auch wenn er dem Zentrum mit gespaltenen Gefühlen begegnete. Für ihn sollte die Natur selbst regeln, was mit ihren Arten passierte. In seinen Augen mischte sich der Mensch zu oft und zu viel in die Geschicke anderer Lebewesen ein. Wenn er aber dort war und die geretteten Heuler sah, wie sie aufgepäppelt wurden, überdachte er seine Meinung meist. Nicht, dass er das mir gegenüber geäußert hätte. Aber ich konnte es ihm ansehen. Manchmal stahl sich dabei sogar ein Lächeln auf seine Lippen.

Das Zentrum in Wyk wurde 2010 von einer Tierärztin und einem Wildtierexperten gegründet. Neben der Rettung der Tiere stand vor allem die Erforschung ihres Verhaltens in ihrem ursprünglichen Lebensraum im Mittelpunkt. Das Robbenzentrum unterhielt sich durch Spenden und über den Eintrittspreis.

Die Ausstellung selbst war nicht groß, aber vollumfänglich. Besonders beeindruckend waren jedoch die Robben, die sich zurück ins Leben kämpften. Eine kleine Heulerin hatte nur noch ein Auge und weckte damit mein Mitleid. Doch das Team des Föhrer Robbenzentrums wusste genau, was zu tun war. Das ließ mich hoffen.

Und so besorgniserregend mancher Fall auch war, meist konnte den Tieren geholfen werden. Viele wurden nach einem erfolgreichen Aufenthalt im Robbenzentrum problemlos wieder ausgewildert. Manchmal war es vielleicht doch gar nicht so schlecht, wenn der Mensch ein wenig nachhalf. Zumindest da, wo es berechtigt war und er nicht mehr zerstörte, als er bewahrte.

»Mensch, Meike, dich hab ich ja lange nicht gesehen«, begrüßte mich Jette, eine ehemalige Klassenkameradin.

»Hi, Jette. Arbeitest du hier?«

Sie nickte.

»Ehrenamtlich, in der Vorsaison habe ich immer genügend Zeit. Meine Eltern haben mir ihr Ferienhaus vermacht und die ersten Gäste kommen erst zu Ostern.«

Jette war eines der Inselkinder, das schon in der Grundschule wusste, dass sie einmal das Ferienhaus ihrer Eltern führen würde. Zeitweise hatte ich sie darum beneidet. Besonders als meine Eltern sich getrennt hatten und ich nicht wusste, wohin ich gehörte.

Rückblickend betrachtet war ich froh darum, selbst den richtigen Weg für mich zu finden. Ob das auch zukünftig so sein würde, blieb fraglich.

»Das hört sich ja toll an«, erwiderte ich.

»Ja, Anne und ich sind sehr glücklich damit. Anne ist meine Partnerin und erwartet unser erstes Kind. Deshalb geht sie demnächst auch in Mutterschutz. Sie arbeitet im Museum *Kunst der Westküste*. Kennst du das?«

Zu meinem Bedauern musste ich ihr eingestehen, dass ich bislang noch nicht in dem Museum gewesen war. Denn leider hatte sich Opa Paul nicht dazu durchringen können, mit mir in ein Museum zu gehen. Dahin brachten ihn keine zehn Pferde. Wie er wohl reagieren würde, wenn ich ausgerechnet dort arbeiten sollte?

»Ja, ich habe gerade erst eine Ausschreibung gelesen. Die Stelle wird wohl neu besetzt? Vielleicht möchte ich mich dort bewerben«, offenbarte ich, was Jette begeistert aufnahm und sofort bei Anne anrufen und ein gutes Wort für mich einlegen wollte.

Es war unbeschreiblich schön, hier auf der Insel mit so viel Unterstützung gesegnet zu sein. Meine Mutter mochte noch so oft gegen Föhr wettern. Ihr würde nie aufgehen, dass eine kleine Insel genau das war, was ich für mein Seelenheil brauchte.

»Ich hoffe, du kommst uns demnächst mal besuchen. Gerne auch mit deinem Partner.«

Jette zwinkerte mir vielsagend zu.

»Den gibt es momentan nicht«, beeilte ich mich zu sagen.

»Du weißt, dass Henning wieder da ist?«

»Henning? Henning Albers? Ja, das weiß ich«, erwiderte ich und versuchte mir nicht anmerken zu lassen, wie sehr es mich irritierte, dass sie mich ausgerechnet auf meine alte Jugendliebe ansprach.

Henning und ich waren damals äußerst vorsichtig gewesen. Viel zu groß war unsere Sorge, Käthe oder Opa Paul könnten dahinterkommen und uns die Hölle heißmachen. Oder viel schlimmer noch: uns verbieten, uns weiterhin zu sehen.

»Na, jetzt tu nicht so. Jeder wusste, dass ihr beiden was miteinander habt. Mir brauchst du doch nichts vorzumachen.«

Jeder? Hatte ich da gerade richtig gehört? Hatte Jette damit recht? Wussten am Ende vielleicht sogar Opa Paul und Käthe darüber Bescheid? Das würde mit Sicherheit erklären, warum er mir Hennings Briefe vorenthalten hatte. Schließlich hätten diese ja durchaus auch freundschaftlicher Natur sein können. Daran hatte ich noch gar nicht gedacht. Was, wenn Opa Paul ganz genau darüber im

Bilde war, was zwischen Henning und mir lief, und er diese Beziehung auf Teufel komm raus unterbinden wollte?

»Ich muss nach Hause«, hörte ich mich plötzlich sagen, spürte ich doch den unnachgiebigen Drang, endlich die vielen Geheimnisse zu lösen, um mich schnellstmöglich aufs Wesentliche konzentrieren zu können.

Mit dem Bus ging es zurück nach Nieblum. Der Ausflug ins Robbenzentrum war aufschlussreicher gewesen, als ich es erwartet hätte. Und das gleich in vielfacher Hinsicht.

»Na, Meike? Bist du schon zurück?«, fragte Opa Paul, der noch immer auf dem Stuhl saß, auf dem ich ihn zurückgelassen hatte.

»Warum hast du Hennings Briefe zurückbehalten? Und warum können Käthe und du kein normales Wort miteinander wechseln, wenn ihr in der Öffentlichkeit seid?«

Ohne lang um den heißen Brei herumzureden, kam ich gleich auf das zu sprechen, was mir Kopfschmerzen bereitete.

»Hoppla, was ist denn in dich gefahren? Du stürmst hier in meine Küche und schießt mit Fragen um dich wie andere mit Maschinenpistolen.«

Bevor ich darauf reagierte, nahm ich ihm gegenüber auf der Eckbank Platz und sah meinem Großvater direkt in die Augen.

»Wusstest du, dass Henning und ich uns liebten?«

Viel direkter konnte ich nicht fragen. Das war eine ganz einfache Frage, die er problemlos mit Ja oder Nein beantworten konnte.

»Nun, wenn du mich so fragst: Ich war mir nicht ganz sicher. Aber halb Nieblum hat davon gesprochen. Also dachte ich, es wäre etwas daran.«

Opa Paul wirkte weder ertappt noch verlegen. Er zuckte leicht mit den Schultern und machte nicht den Anschein, als wollte er weiter darüber reden. Aber darauf konnte ich jetzt keine Rücksicht mehr nehmen.

»Hast du die Briefe abgefangen, weil du nicht wolltest, dass wir beide zusammen sind?«

Opa Paul lachte bitter auf.

»Was wissen denn so junge Leute von der Liebe? Da schwört man sich bis ans Ende aller Tage Liebe und Treue und dann ist man ein paar Monate auf See und das ganze Leben hat sich verändert. Glaub niemandem, der dir verspricht, auf dich zu warten. Nicht, wenn du die Zeit auf der stürmischen See mit Ach und Krach überstanden hast und nach der Rückkehr an einem gebrochenen Herzen sterben willst.«

Es dauerte einen Moment, bis ich mir der Tatsache bewusst wurde, dass Opa Paul nicht von mir und Henning sprach.

»Wart ihr ein Liebespaar? Käthe und du?«, fragte ich vorsichtig nach.

Opa Paul winkte ab.

»Ach, was weißt denn du schon? Liebe. Das ist ein zu großes Wort. Und trotzdem … Ich will nicht darüber reden, Meike. Das ist alles viel zu lange her. Käthe hat sich entschieden und ich hatte das Nachsehen. Und damit ist alles gesagt, was ich dazu sagen will.«

Dann erhob er sich von seinem Platz und ging zur Tür hinaus.

Ich spürte, dass ich eine Grenze überschritten hatte. Ich spürte allerdings auch, dass es nötig war, Dinge anzusprechen, um sie nicht länger wie ein unheilverkündendes Damoklesschwert über einem hängen zu wissen. Gewissheit war besser als das ewige Grübeln.

Nun wusste ich zumindest schon mal, woher dieser ewige Zwist am Gartenzaun herrührte. Damit ließ sich arbeiten. Und irgendwann, da war ich mir ganz sicher, würde Opa Paul bestimmt ein wenig über damals erzählen. Nicht gleich. Es würde noch Zeit ins Land gehen, bis es so weit war. Und dann war ich da, um mucksmäuschenstill auf der Eckbank zu sitzen und wie gebannt an seinen Lippen zu hängen.

Was ich jedoch jetzt schon verstand, war, dass Opa Paul Hennings Briefe abgefangen hatte, um mich vor einem gebrochenen Herzen zu bewahren. Dass es mit jedem Tag, an dem ich keinen Brief erhielt, ein wenig mehr brach war, war ihm dabei offenbar gar nicht aufgefallen.

So merkwürdig es sich auch anfühlte, es sich einzugestehen, aber mein Großvater hatte es letztlich nur gut gemeint und mit den Mitteln, die ihm zur Verfügung standen, dafür gesorgt, dass es mir gut ging. Irgendwie.

Mir schwirrte der Kopf bei all diesen Gedanken.

Es war an der Zeit für einen Kaffee. Und das Rosinenbrötchen, das ich noch in der Tüte der Bäckerei Hansen wähnte. Zum Glück hatte Opa Paul sich nur an den Eierwecken bedient und mir das Rosinenbrötchen übrig gelassen. So wie früher.

Von meiner Mutter war nichts zu sehen oder zu hören, sodass ich es wagte, über die Terrassentür im Wohnzimmer nach draußen in den Garten zu gehen. Im Schuppen fand ich sogar die bunte Hängematte, die ich zwischen der alten Platane und dem Apfelbaum gespannt hatte, aus deren Äpfel Oma Hildrun das beste Apfelmus eingekocht hatte, das ich je gegessen hatte. Der Regen hatte dankenswerterweise wieder aufgehört. Jetzt war Sonnenschein angesagt.

Nachdem der Stoff gespannt war, legte ich mich hinein und pulte die Rosinen aus meinem Brötchen. Eine Angewohnheit, die ich schon seit Kindertagen hatte und mit der ich nicht brechen wollte.

»Meike?« Eine Frauenstimme riss mich so abrupt aus meinen Erinnerungen, dass ich mit einem Plumps auf der Wiese landete.

»Meike? Ist alles okay bei dir?«

Noch ehe ich wusste, wie mir geschah, stand meine Freundin Leni neben mir und half mir auf die Beine.

»Leni? Was machst du denn hier? Ich dachte, du bist in München.«

Leni klopfte mir den Dreck von den Hosenbeinen und meinem Rücken.

»Wie soll ich denn ruhigen Gewissens in München hocken, während bei dir hier ein Sturm nach dem anderen aufzieht. Als deine Mutter auf die Insel fuhr, hatte ich schon mit dem Gedanken gespielt. Als du nun erzählt hast, dass Kai auch da ist, hielt mich nichts mehr in der Konditorei.«

Mit einem »Ach Leni!« nahm ich meine Freundin in den Arm und schmiegte mich ganz fest an sie. Es tat so gut, einen Menschen in meiner Nähe zu wissen, dem ich mich in jeder Lebenslage bedingungslos anvertrauen konnte.

»Fritzy ist in Fernost. Aber sie will sich melden, sobald sie zurück ist. Gerade ist nur ungewiss, ob sie noch einen Aufenthalt in Hongkong hat. Es wird mal wieder gestreikt.«

Das Unwort des Jahrhunderts für jeden Fluggast.

»Und deine Konditorei?«, fragte ich besorgt.

»Das kriegen die schon ein paar Tage ohne mich hin. Mein Papa ist aus Landshut gekommen.«

Von ihm hatte Leni schon als kleines Mädchen alles gelernt, was sie heute in ihrer Backstube so wundervoll umsetzte. Zu Recht hatte sie in kürzester Zeit begeisterte neue Kunden gefunden. Das, was sie tat, machte sie mit so viel Herzblut, dass man sie und ihre Kreationen einfach nur lieben konnte.

»Das ist ja der Wahnsinn! Ich freu mich riesig, dass du da bist. Fast ein bisschen wie damals, als wir mit Fritzy alle drei zusammen in der Provence waren. Erinnerst du dich daran? Damals hatte ich den Sonnenbrand meines Lebens und konnte mich kaum noch bewegen, das war so schrecklich. Und alles nur, weil ich die Sonnencreme mit der After-Sun-Lotion verwechselt habe.«

Leni seufzte.

»Bis du dich wieder bewegen konntest, war der halbe Urlaub schon fast vorbei. Aber es war doch einer der schönsten Sommer unseres Lebens. Was meinst du?«

Ich nickte und versuchte, mich dabei nicht an die Schmerzen zu erinnern, die ich damals verspürt hatte.

»Wem gehört denn der Wagen auf der Straße?«, fragte eine männliche Stimme am Gartenzaun.

Leni und ich sahen sogleich in die Richtung.

Doch während ich mich der Situation offen zeigte, versteckte sich Leni plötzlich hinter meinem Rücken.

»Nicht der schon wieder!«, hörte ich sie fluchen.

»Der gehört meiner Freundin«, erklärte ich und erkannte in dem Mann Bäcker Hansens Sohn Lasse.

Als kleiner Junge hatten wir manchmal zusammen gespielt. Meist war er aber lieber auf den Fußballplatz gegangen, um mit den anderen Jungs in seinem Alter zu spielen. Er sah seinem Vater inzwischen zum Verwechseln ähnlich. Nur der lange Bart fehlte. Zum Glück. Der hatte mir als kleines Kind nämlich immer ein wenig Angst gemacht. Dabei konnte ich nicht mal so genau sagen, woran das gelegen hatte.

»Die Wahnsinnige hat mich gerade fast über den Haufen gefahren. Sag ihr, dass das eine Insel ist und keine Teststrecke für die Formel 1. Ach, und sag ihr auch, dass ich sie sehen kann.«

Etwas überfordert von der Situation, wusste ich nicht so recht, was ich darauf antworten sollte.

Doch noch ehe ich wie auch immer reagieren konnte, kam Leni aus meinem Windschatten gekrochen und stellte sich der Situation.

»Wer wie eine Schnecke quer über die Straße schleicht, muss sich nicht wundern, wenn er dabei zu Schaden kommt. Das war eine Straße und kein Gehsteig«, erklärte Leni und ging dabei ein paar Schritte in Richtung Zaun.

Nun stemmte sie selbstbewusst ihre Hände in die Hüften und versteckte sich hinter nichts und niemandem mehr.

Lasse, der offenbar nicht mit so viel Gegenwehr gerechnet hatte, sah sie einen Moment irritiert an, fand dann jedoch schnell wieder seine Stimme.

»Und das gibt dir also das Recht, einen Fußgänger beinahe umzufahren?«

Irgendwas musste dieser Gartenzaun an sich haben, dass die Leute regelmäßig davorstanden und sich anschrien.

»Von *beinahe* kann ja überhaupt nicht die Rede sein. Ich bin eine ausgezeichnete Fahrerin und weiß mich und meinen Wagen ganz genau einzuschätzen. Da war noch massig Platz.«

»Pah, dass ich nicht lache! Mein Schienbein hat die Stoßstange berührt. Um ein Haar wäre ich aus den Latschen gekippt.«

Als sich abzeichnete, dass keiner der beiden so leicht klein beigeben würde, entschied ich mich, einzugreifen.

»Wollen wir nicht vielleicht reingehen und etwas trinken?«

Meine Herangehensweise war ziemlich plump, und da man Erwachsene dummerweise nicht mehr mit Schokolade ködern konnte, war meine Idee vermutlich auch erfolglos. Dennoch wollte ich nichts unversucht lassen, um die Ehre unseres Gartenzauns zu retten.

»Dass ich nicht lache. Da war mindestens noch ein halber Meter Abstand zwischen dir und meiner Stoßstange«, wetterte Leni weiter.

Wie erwartet nahmen die beiden Streithähne überhaupt keine Notiz von mir.

»Meinst du diese Stoßstange hier?«, fragte Lasse, als könnte er kein Wässerchen trüben, und holte dann mit seinem Fuß aus, um ihr einen gewaltigen Stoß zu verpassen.

Zu dumm nur, dass er dabei offenbar den Kürzeren zog. Mit schmerzverzerrtem Gesicht verfluchte er alles und jeden, der ihm in den Blick kam. Ich bemühte mich derweil, zu Leni durchzudringen und sie um Vernunft zu ersuchen.

Doch weit gefehlt! Diese war so amüsiert über das Bild, das sich uns bot, dass sie mich nicht einmal hörte.

Zugegeben, es sah schon lustig aus, wie Lasse, ein Hüne von fast zwei Metern, sein Bein anwinkelte und auf einem Bein wie wild im Kreis tänzelte.

In den entlegensten Regionen des Amazonas war das vielleicht sogar ein höchst seltener Paarungstanz. Zu dumm nur, dass er keinerlei Wirkung auf Leni zeigte. Zumindest keine, die die Situation hier etwas entschärft hätte und schonender für meine Nerven gewesen wäre.

Überhaupt gestaltete sich mein Aufenthalt auf Föhr, den ich mir so ruhig und idyllisch vorgestellt hatte, immer mehr zum Kraftakt. Was wollte mir das Schicksal damit nur wieder sagen?

»Wenn ich dich hätte umfahren wollen, dann wäre mir das auch geglückt«, stichelte Leni weiter, die offenbar nicht wusste, wann es genug war.

»Leni!«, zischte ich und stieß sie dabei in die Seite.

Erst dann nahm sie wieder Notiz von mir und schüttelte leicht den Kopf, als erwachte sie aus einer Art Trance.

Musste wohl doch am Gartenzaun liegen.

»Wir sprechen uns noch«, warnte Lasse uns vor, ehe er hüpfend von dannen zog und ich zumindest zeitweise erleichtert aufatmen konnte.

»Lasse hast du offenbar schon kennengelernt«, sagte ich, während wir beide ihm noch eine ganze Weile hinterhersahen.

»Japp!«, erwiderte Leni ziemlich einsilbig.

»Gab es sonst noch irgendwelche Zwischenfälle?«

Für gewöhnlich verreiste Leni nicht mit ihrem eigenen Wagen. Offenbar war sie so überstürzt losgefahren, dass sie auf ihren alten Renault ausweichen musste.

»Du meinst, ob ich sonst noch jemanden *beinahe* umgefahren habe?«

Ich nickte.

»Nein, alle Insulaner sind wohlauf. Zumindest die, denen ich begegnet bin. Mach dir keinen Kopf! Du kennst mich. Meine Fahrkünste sind berühmt.«

Und berüchtigt, ergänzte ich in Gedanken.

Bevor der nächste Streit vom Zaun gebrochen wurde, schob ich Leni sanft, aber bestimmt in Richtung des Kapitänshauses. Dort erhoffte ich mir die Möglichkeit, mich ganz in Ruhe mit einer meiner besten Freundinnen auszutauschen, ehe meine Mutter hinzukam und Opa Paul seinen Senf dazugeben musste.

Doch die nächsten fünf Minuten ging es nur um Lasse. Was für ein Idiot das doch war und wie unmöglich er sich verhalten hatte. Dabei bekam der Mann für mein Dafürhalten fast ein wenig zu viel Aufmerksamkeit von Leni zugesprochen. Nichts, was ich laut ausgesprochen hätte. Schließlich hing ich an meinem Leben.

Kapitel 15

Als es am Abend zum Richtfest gehen sollte, war ich aufgeregt. Eine Unruhe hatte mich schon am späten Nachmittag erfasst. Da wusste ich noch gar nicht so recht, woher die kam. Später dann, als die Zeit immer näher rückte, bekam ich wieder ein Gefühl davon, wie ich mich als Teenager angefühlt hatte, wenn ich einem sehnlich herbeigewünschten Date entgegenfieberte.

»Und du bist dir ganz sicher, dass ich zu diesem Fest mitgehen soll?«, fragte Leni, der nicht entgangen war, wie nervös ich war.

»Du *musst* mit. Unbedingt! Ich weiß nicht, ob ich das ohne dich schaffe.«

Leni, die einen blonden Bob mit Naturkrause trug, wiegte ihren Kopf leicht von der einen Seite zur anderen Seite. Ihre blauen wachen Augen musterten mich dabei eindringlich.

»Was hättest du denn gemacht, wenn ich nicht wie aus heiterem Himmel hier aufgetaucht wäre?«

Ein berechtigter Einwand, wie ich fand.

»Keine Ahnung! Vielleicht hätte ich abgesagt?!«

Leni wackelte anzüglich mit ihren Brauen.

»Dieser Henning scheint dir ganz schön zuzusetzen.«

»Quatsch! Na ja … vielleicht ein bisschen.«

Nun musste Leni lachen. Und ich gleich mit. Wieso war ich heute nur ein nervöses Wrack? Und dabei ging es nicht mal ins Kino, wo wir in der Dunkelheit knutschen konnten, sondern zu einer Art Dorffest, auf dem alle sein würden, die ich kannte. Es war lächerlich. Und doch konnte ich nicht aus meiner Haut.

Da machte man Abitur, studierte und schrieb sogar an seiner Dissertation. Das alles half aber nichts, wenn es darum ging, sich seinen Gefühlen zu stellen. Da war jeder Wissensvorsprung nutzlos.

So viel zum Thema: Nicht für die Schule, sondern fürs Leben lernt man!

»Du siehst übrigens ganz zauberhaft in dem Kleid aus. Ich mag dieses blumige Muster. Es ist nicht zu dominant und sagt trotzdem ›Hallo, hier bin ich!‹«.

»O Gott! Es ist also doch viel zu viel. Ich wusste es.«

Panisch lief ich ins Badezimmer und krallte mir vorher eins der anderen Kleider, die ich mir für heute rausgesucht hatte. Drei an der Zahl waren in die engere Auswahl gekommen. Mit fünf weiteren Outfits hatte ich geliebäugelt, sie allerdings dann verworfen, nachdem ich sie Leni gezeigt hatte und sie nicht ganz davon überzeugt war.

Hastig zog ich mir das Kleid über den Kopf und versuchte, mir nicht die Frisur zu ruinieren. Leni hatte mir die Haare fein säuberlich hochgesteckt und sich dabei sehr viel Mühe gegeben. Ich wollte ihr Kunstwerk nur ungern zerstören.

Gleichzeitig drängte jedoch die Zeit. Es war bereits kurz vor achtzehn Uhr. Jeden Moment würde Henning vor der Tür stehen und …

»Hallo! Klar, komm rein. Schön, dich kennenzulernen. Ich bin Leni«, hörte ich meine Freundin sagen.

Mist! Henning war schon hier und ich bekam dieses verdammte Kleid nicht über den Kopf. Ich wollte es wieder ausziehen und dafür das andere überstreifen, aber auch das wollte mir nicht gelingen. Es ging weder vor noch zurück. Was für ein riesengroßer Mist!

»Meike hat viel von dir erzählt.«

Als diese Worte durch die Badezimmertür drangen, gefror mir das Blut in den Adern. Ich musste dringend hier raus. Egal wie. Noch länger konnte ich die beiden auf gar keinen Fall miteinander allein lassen. Vor allem dann nicht, wenn ich mir ernsthaft etwas zwischen Henning und mir erhoffte.

Da ich das Kleid allerdings bereits über den Kopf gestülpt hatte und nicht mehr herauskam, tappte ich nicht nur sprichwörtlich im Dunkeln. Mit meinen Händen tastete ich nach der Tür, die ich zum Glück nicht abgeschlossen hatte.

»Leni!«, rief ich leicht panisch in der Hoffnung, das würde nur meine Freundin und nicht Henning auf den Plan rufen.

»Das sieht … interessant aus«, hörte ich schon im nächsten Augenblick seine Stimme sagen.

Wie peinlich!

»Warte!«, meinte Leni, und als die Frau der Tat, die ich kannte, kam sie augenblicklich zu mir, um mich aus meiner misslichen Lage zu befreien.

Wenige Augenblicke später saß das Kleid, wie es sollte, und auch meine Frisur hatte keinen Schaden genommen. Nur meine Würde hatte ein wenig gelitten, aber das versuchte ich mit einem Lächeln zu kaschieren.

Henning hatte sich zur Feier des Tages eine dunkle Jeans und ein Hemd übergestreift. Die obersten drei Knöpfe waren leger geöffnet. Somit passte die eher konservative Kleidung auch wieder zu seinem Surferimage.

Gut sah er aus. Keine Frage. Henning stand ohnehin alles.

Verlegen zupfte ich am Stoff meines Kleides. Noch immer war ich mir nicht sicher, ob alles so saß, wie es sitzen sollte. Einen letzten Blick in den Spiegel hatte es nicht gegeben.

»Wollen wir dann los?«, fragte Henning und bog dabei seine Arme so durch, dass sowohl Leni als auch ich mich bei ihm einhaken konnte.

So gingen wir dann zu dritt die Strandstraße in Richtung Kirche. Fast das ganze Dorf schien dorthin zu pilgern, als hätte man dort ein Relikt aus uralten Zeiten gefunden. Dabei ging es nur um ein Richtfest. Ein Richtfest für ein Hotel, wohlgemerkt, das viele der Einwohner Nieblums lange nicht wollten.

Hoffentlich würde es nicht zu einem Albtraum werden, sondern für die Insulaner eine sichere Einnahmequelle.

Föhr musste sich gegen das mondäne Sylt im Norden behaupten. Aber wer Sylt mochte, der fuhr nicht nach Föhr und andersrum. Hier auf der Insel hatte man Natur, Ruhe und Erholung. Auf Sylt zechte die Schickeria bei Aperol Spritz und posierte dabei in den angesagtesten Cafés der Insel.

Kai hatte sich bei unserem Aufenthalt dort sehr wohlgefühlt, während ich nicht schnell genug wegkommen konnte.

Schon von Weitem war Musik zu hören. Wir näherten uns dem Spektakel. Es fehlte nur noch ein Riesenrad und die Jahrmarktstimmung wäre perfekt. Bierbänke standen mitten auf der Straße. Würstchen, Steaks und Fisch wurden gebraten. Es gab einen eigenen Getränkestand, der keinen Wunsch offen ließ.

Ein Kinderchor hatte sich an der Seite positioniert und wartete auf seinen Einsatz, während geschäftiges Treiben herrschte. Merkwürdig. Für gewöhnlich waren es doch die Kinder, die um einen herumwuselten.

»Entschuldigung!«, sagte ein älterer Herr, der mir soeben auf den Fuß getreten war.

Sobald es etwas umsonst gab, waren die Leute wie von der Rolle.

»Wollen wir uns da vorne hinsetzen?«, schlug Henning vor und deutete dabei auf einen freien Tisch.

Leni verabschiedete sich augenblicklich zum Getränkestand, nachdem wir uns hingesetzt und unsere Bestellungen bei ihr aufgegeben hatten. Damit waren Henning und ich das erste Mal an diesem Abend allein. Zumindest so allein, wie man eben allein war, während das halbe Dorf um einen herumstand.

»Geht's dir gut? Du wirkst etwas nervös auf mich. Ist Kai auch da?«

Kai? Oje, an den hatte ich überhaupt keinen Gedanken mehr verschwendet. Da er sich nicht mehr bei mir gemeldet hatte, war ich davon ausgegangen, er hätte die Insel wieder verlassen. Zumindest hoffte ich das inständig.

»Nein, nein. Ach, ich … Heute war nur einiges los. Leni ist gekommen und Opa Paul wurde aus der Inselklinik entlassen«, log ich, ohne den wahren Grund für meine Aufregung preiszugeben.

»Sie scheint sich gleich am ersten Tag mit Lasse in die Haare bekommen zu haben, wenn man Oma Käthe Glauben schenken darf. Sie hat wohl mitbekommen, wie die beiden sich am Zaun gezankt haben. Dabei habe ich Lasse noch nie auch nur ein lautes Wort sagen hören. Was auch immer die Gemüter so erhitzt hatte, es scheint sie mächtig aus der Bahn geworfen zu haben. Beide.«

Mit Schrecken dachte ich an die Szene vom Nachmittag zurück.

»Es ging heiß her zwischen den beiden, das stimmt«, räumte ich ein.

»Liegt dir sonst noch etwas auf dem Herzen?«

Henning war ein verdammt guter Beobachter.

»Ich spiele gerade mit dem Gedanken, länger auf Föhr zu bleiben.«

Henning sah mich bei meinen Worten mit großen Augen an.

»Definiere *länger*?«

»Im Museum *Kunst der Westküste* wird eine Stelle frei. Jettes Freundin geht in Mutterschutz. Ich überlege, mich darauf zu bewerben.«

Mein ganzer Körper kribbelte, als ich Henning von meinen Plänen erzählte. Voller Anspannung wartete ich auf seine Reaktion, während ich mir unbeholfen auf die Unterlippe biss.

»Das klingt wunderbar. Dann könnten wir …«

»So, da bin ich wieder. Ihr könnt euch nicht vorstellen, was für ein Akt das jetzt war, diese drei Bierflaschen zu bekommen. Die Leute verhalten sich wie die Wahnsinnigen. Kaum ruft irgendwo irgendjemand ›Freibier‹, vergessen sie ihre guten Manieren. Echt, ey!«

Nachdem Leni Dampf abgelassen hatte, stießen wir gemeinsam an und wenige Augenblicke später begann der Kinderchor mit seinem Gesang. Leider ging der fast ein wenig unter, weil sich noch nicht alle an den verschiedenen Ständen mit Getränken und Essen eingedeckt hatten.

»Dass du dich mit der abgibst, hätte ich nicht gedacht, Henning.«

Lasse tauchte aus der Masse auf und stand plötzlich bei uns am Tisch.

»Wie bitte?«, fragte Henning irritiert.

Lasse bewegte seinen Kopf nur ganz leicht in Lenis Richtung.

»Die Frau ist gemeingefährlich«, erklärte er.

Das ließ Leni nicht auf sich sitzen. Schon im nächsten Moment stand sie auf den Füßen und boxte den Zwei-Meter-Hünen in die Seite. Was durchaus lustig aussah, wenn man bedachte, dass sie gerade mal einen Meter sechzig groß war. David und Goliath in einer ganz neuen Darstellung. Ich war mir nur nicht sicher, ob ich die so gut fand.

»So, jetzt beruhigen wir uns alle wieder«, versuchte ich zu vermitteln.

Doch im nächsten Augenblick rangelten sich die beiden durch die Menge. Noch ehe ich hinter ihnen herlaufen konnte, waren sie auch schon verschwunden.

Hilflos sah ich Henning an.

»Lass die beiden! Die kommen schon klar. Würde mich nicht wundern, wenn sie sich ein Zimmer suchen würden. Die Luft zwischen den beiden hat ja regelrecht geknistert.«

Ungläubig sah ich ihn an.

»Wenn wir den beiden nicht nachgehen, verletzt sich am Ende noch jemand«, gab ich zu bedenken.

»Glaub mir! Die werden sich schon kein Haar krümmen. Lasse ist einer der friedfertigsten Menschen, den ich kenne. Bevor der jemanden schlägt, muss schon etwas Dramatisches vorgefallen sein.«

Unschlüssig sah ich zwischen Henning und der Stelle hin und her, an der ich Leni und Lasse aus den Augen verloren hatte.

»Lass uns was zu essen holen. Ich komme um vor Hunger«, wechselte Henning unvermittelt das Thema.

Während ich so darüber nachdachte, knurrte mein Magen. Außer dem ausgepulten Rosinenbrötchen in der Hängematte hatte ich heute noch nichts zu mir genommen.

»Vielleicht esse ich erst mal eine Bratwurst. Aber dann mache ich mich auf die Suche nach Leni, sollte sie bis dahin nicht wieder aufgetaucht sein.«

Henning schenkte mir sein schiefes Grinsen.

»Abgemacht!«

Wie selbstverständlich griff er diesmal nach meiner Hand. Mein ganzer Körper stand augenblicklich lichterloh in Flammen, während mein Magen weder ein noch aus wusste.

Der ein oder andere Insulaner nickte uns auf dem Weg zum Bratwurststand zu, wechselte ein paar Worte mit Henning und mir und zog dann an uns vorüber, als wäre es das Natürlichste von der Welt, dass wir Händchen hielten.

»Eine Wurst mit Senf und Ketchup. Aber nicht zu viel Senf«, bestellte Henning und reichte sie mir dann.

Als ich ihn mit weit aufgerissenen Augen ansah, wirkte er verwundert.

»Hab ich etwas falsch gemacht?«

Ich schüttelte den Kopf.

»Ich kann nur nicht glauben, dass du dir das all die Jahre gemerkt hast. Kai wusste das nicht mal nach … Ist auch egal. Ich bin nur … perplex. Das ist alles.«

Henning lachte.

»Aber wie könnte ich das denn vergessen? Das macht einen Menschen doch aus. Und wenn einem etwas an dem anderen liegt, dann merkt man sich solche Eigenheiten. Nicht?«

Während er das sagte, schienen sich unsere Lippen wie zwei gegenseitig gepolte Magnete aufeinander zu zu bewegen. Kurz bevor sie sich berühren konnten, rief jemand: »Was ist denn jetzt mit der Wurst?«, und schob sie unmittelbar in mein Sichtfeld.

Die Romantik des Augenblicks war dahin. Also biss ich stattdessen in die Wurst und wartete darauf, dass Henning seine ausgehändigt bekam.

Er mochte seine nach wie vor nur mit Ketchup.

Verrückt! Auch ich hätte nach all den Jahren gewusst, wie er seine Bratwurst aß. Das war …

»Darf ich für einen Moment um Ihre Aufmerksamkeit bitten? Hallo? Hören Sie mich? Hallo? Ruhe bitte! Ich möchte etwas sagen.«

Lächelnd drehte ich mich um und blickte zum Mikrofon, das noch immer dort stand, wo bis vor wenigen Minuten der Kinderchor gesungen hatte. Ich erwartete Pfarrer Ostendorf dort stehen zu sehen, der eine Rede halten wollte.

Doch als ich erkannte, wer sich das Mikrofon in der Zwischenzeit unter den Nagel gerissen hatte, fiel mir fast das Würstchen samt Brötchen aus der Hand.

»Test! Test! Test! Hört ihr mich?«

Ein unangenehmes Knirschen drang aus der Anlage, während Kai wie ein Wahnsinniger auf das Mikrofon einschlug.

Die Gäste des Richtfests hielten sich mit den Händen die Ohren zu und verzogen ihre Gesichter.

»Was ist denn das für ein Verrückter?«, hörte ich Opa Paul in der Menge rufen.

Offenbar war ihm noch nicht aufgefallen, dass es sich bei dem Mann hinter dem Mikrofon um Kai handelte.

»Meike? Meike, wo bist du?«

Kai schirmte seine Augen gegen die tief stehende Sonne ab und blickte sich suchend zu allen Seiten hin um, während ich mich so klein machte, wie ich nur konnte, und den Blick fest gen Boden haftete.

»Ich glaube, er meint dich.«

Es war nicht nötig, dass Henning mich darauf aufmerksam machte. Leider hatte ich selbst bemerkt, dass mein Ex dort vorn auf der Bühne stand und mich suchte. Allerdings wollte ich nicht gefunden werden. Zumindest nicht von ihm.

»Au Backe!«, rief Leni, die so dicht neben Lasse stand, als wären sie die besten Freunde.

Die Sache mit dem Beinaheangefahrenwerden war augenscheinlich vom Tisch. Wenigstens ein Hoffnungsschimmer an diesem Tag.

»Ah, da bist du ja!«, tönte es plötzlich aus der Anlage.

Bei meinem Versuch, Leni und Lasse zu sehen, war ich dummerweise aus meiner Deckung gekommen.

Gequält lächelnd hob ich meine Hand in die Höhe. Dabei spürte ich die Augen aller Anwesenden zentnerschwer auf mir liegen.

»Meike, du bist die Frau meines Herzens. Ich werde nie eine andere mehr lieben als dich. Das schwöre ich dir. Bitte, gib uns noch eine Chance. Ich werde dich auch ganz sicher nicht mehr enttäuschen. Die letzten Tage ohne dich waren schrecklich. Erst jetzt ist mir bewusst geworden, wie sehr ich dich brauche. Komm zurück zu mir, Meike! Ich liebe dich und frage dich hier auf deiner Heimatinsel vor all den versammelten Menschen: Willst du mich heiraten?«

Bei seinen Worten fiel mir die Kinnlade herunter. Hatte Kai mir gerade allen Ernstes einen richtigen Heiratsantrag gemacht? Bei seinem ersten hatte er lediglich neben mir auf der Couch gesessen und meinte, dass es doch langsam an der Zeit wäre zu heiraten. Nicht einmal einen Ring hatte er damals parat gehabt. Der kam erst knapp vierzehn Tage später. Maßanfertigung, hatte er behauptet. Dabei war ich mir sicher, dass es sich um einen ganz einfachen Goldring handelte, wie er schon vor fünfzig Jahren getragen wurde.

Mein Puls beschleunigte sich, als ich mir der Tatsache bewusst wurde, dass alle Leute um mich herum – einschließlich Henning – mich interessiert ansahen. Kai erwartete eine Antwort und ganz Föhr wollte wissen, wie diese lauten mochte. Mir wurde übel.

»Meike, komm doch zu mir!«, bat Kai mich und ein aufforderndes Raunen ging durch die Menge.

Hilfe suchend blickte ich mich zu Henning um.

»Ich denke, das solltest du besser klären«, riet er mir und zwinkerte mir aufmunternd zu.

Mit der Bratwurst in der Hand ging ich durch die Menge. Dabei teilten sich die Wartenden an den verschiedenen Ständen, als wäre ich Moses und würde das Rote Meer auf der Flucht vor den Ägyptern teilen.

Erwartungsvoll sah Kai mich an, als ich bei ihm auf der Bühne ankam. Sosehr ich mich auch bemühte, die richtigen Worte zu finden, sie wollten mir einfach nicht einfallen. Wie sagte man jemandem, der einem gerade vor versammelter Mannschaft einen Antrag gemacht hatte, dass man ihn nicht annehmen wollte? Das war definitiv nichts Alltägliches. Und weder das Gymnasium noch mein Studium hatten mich auf diesen Moment vorbereitet. Wurzeln hätte ich dagegen problemlos ziehen und die Wahrscheinlichkeit einer solchen Situation berechnen können. Aber das war ein anderes Thema.

Und noch ehe ich etwas sagen oder machen konnte, nahm Kai mich in die Arme und die Zuschauer dieses Schauspiels begannen frenetisch zu klatschen. Völlig überrumpelt von der Situation stand ich da, ohne mich zu regen. Es dauerte ein paar Augenblicke, bis ich realisierte, was hier gespielt wurde.

Mit einem wütenden »Bist du wahnsinnig geworden?« machte ich mich von Kai los und schaffte einen angemessenen Abstand zwischen uns beiden.

Das Mikrofon war inzwischen abgestellt worden. Auf diese Weise hallte meine Stimme nicht über den Festplatz und die vielen Gespräche rund um uns herum schienen sich von uns beiden Gestalten auf der Bühne nicht gestört zu fühlen. Zum Glück! Es war mir nämlich mehr als unangenehm, derart im Mittelpunkt zu stehen.

»Meike, du wirst sehen, jetzt wird alles anders. Wenn wir erst wieder in München sind, dann …«

»Ich will überhaupt nicht zurück nach München, Kai. Und ich will dich auch nicht mehr heiraten. Das zwischen uns ist beendet. Ich sehe beim besten Willen keine gemeinsame Zukunft mehr.«

Kai sah mich mit offen stehendem Mund an. Seine Stirn legte sich in Falten, als könnte er nicht verstehen, was ich da soeben gesagt hatte. Durchdringend sah er mich an, als erwartete er von mir, dass ich meine Meinung noch einmal ändern würde.

»Und das ist dein letztes Wort?«

Ich nickte.

Kai gab einen abfälligen Laut von sich.

»Anstatt auf deine Mutter zu hören und auf diese gottverdammte Insel …«

»Meine Mutter ist für das alles hier verantwortlich?«, fragte ich, einer Ohnmacht nahe.

»Sie meinte, dass du nur kalte Füße bekommen hättest. Wenn es nach mir gegangen wäre, dann säße ich schon längst wieder auf der Couch in meiner Wohnung, anstatt mich hier in Nieblum zum Deppen zu machen. Aber nachdem ich nicht vorhabe, je wieder zurückzukommen, verbuche ich dieses Erlebnis unter ›Nicht zu wiederholen‹ und schließe die Akte schnellstmöglich. Das war's dann wohl.«

»Ich glaube, das wird das Beste sein.«

Kai sah mich einen Moment lang an. Seine Lippen öffneten sich, als wollte er mir noch etwas sagen. Doch dann schloss er sie wieder und verließ die Bühne.

Tausend Gedanken schossen mir in diesem Moment durch den Kopf. Was hatte meine Mutter nur geritten, sich derart in mein Leben einzumischen? War es ihr dabei nur um sich und ihre alberne Planung gegangen? Wenn sie solch einen Gefallen an der Planung einer Hochzeit hatte, dann sollte sie sich selbstständig machen und diesen Dienst Menschen anbieten, die auch heiraten wollten.

Fassungslos stand ich da. Zeitweise fand ich es noch schön, dass sie sich plötzlich für mich interessierte. Aber damit war spätestens jetzt Schluss. Ich konnte und wollte einfach nicht akzeptieren, dass sie über mein Leben bestimmte.

Während ich Kai durch die Menge verschwinden sah, fiel mir Leni ins Auge, die noch immer neben Lasse stand und mich irritiert ansah. Suchend blickte ich mich nach Henning um. Doch der war verschwunden. Er musste denken, ich hätte Kais Antrag angenommen. So wie die übrigen Gäste dieses Richtfests. Was für ein Mist!

»Meike, ist alles in Ordnung bei dir?«, fragte Opa Paul, der plötzlich neben mir auftauchte.

»Alles bestens«, log ich.

»Henning ist übrigens gegangen, als Kai dich in seine Arme gezogen hat.«

Seufzend sah ich ihn an.

»Dabei habe ich seinen Antrag gar nicht angenommen. Ich habe mich soeben ein für alle Mal von ihm getrennt. Und wenn ich meine Mutter in die Finger kriege, dann …«

»Was ist denn passiert?«, fragte Leni, die sich auch zu uns durchgeschlagen hatte.

Wobei ich mittlerweile wieder allein dastand. Opa Paul war so sang- und klanglos, wie er gekommen war, verschwunden.

»Ich habe Kais Antrag nicht angenommen und ihm klipp und klar gesagt, was ich von diesem Auftritt halte. Dummerweise hat das offenbar niemand mehr mitbekommen. Meine Mutter hat ihn dazu ermutigt. Ach ja, und Henning ist gegangen. Er glaubt wohl auch, dass Kai und ich wieder zueinandergefunden haben. Was für ein riesengroßer Mist! Dabei dachte ich bis heute, Kai wäre längst in München.«

»Mensch, das tut mir so leid für dich. Sollen wir dich vielleicht zurück zum Kapitänshaus begleiten? Meine Ferienwohnung ist gleich gegenüber. Lasse könnte uns auch fahren, hat er gerade vorgeschlagen.«

Leni äußerte ihren letzten Satz, als wären Lasse und sie schon immer die besten Freunde.

»Lasse und du?«, hakte ich nach, woraufhin sie die Augen verdrehte.

»Wir verstehen uns ganz gut. Das ist alles«, behauptete sie.

»Und die Sache mit dem Beinahe-Unfall?«

Sie machte eine wegwerfende Handbewegung.

»Schnee von gestern.«

Ja, das traf es ganz gut, wenn man an das fein geflochtene unsichtbare Band dachte, das ich noch vor wenigen Minuten zwischen Henning und mir gespürt hatte.

Kapitel 16

Was genau machst du da?«, fragte ich meine Mutter, kaum dass ich zur Tür herein war.

»Das siehst du doch, ich packe.«

Ungläubig starrte ich sie an.

»Du verlässt die Insel«, stellte ich fest.

»Was soll ich denn noch hier? Die Hochzeit ist abgesagt. Kai war vollkommen aufgelöst, als er mich angerufen hat. Du hast ihn zum Gespött der Leute gemacht. Ich verstehe dich einfach nicht, aber das habe ich ja noch nie.«

Damit schloss sie die Schale ihres Koffers und zog den Reißverschluss zu.

»Wie konntest du Kai nur Hoffnungen machen? Ich habe dir mehr als einmal gesagt, dass das zwischen uns beendet ist. Warum hast du nicht einfach akzeptiert, dass es mal nicht nach deinem Kopf geht?«

Noch nie zuvor hatte ich so offen und ehrlich mit meiner Mutter gesprochen, um ihr näherzubringen, wie ich sie sah. Doch ich spürte, dass es nun an der Zeit war, diese Gedanken laut auszusprechen, wenn ich nicht wollte, dass sie mich weiterhin wie ein kleines Kind behandelte.

»Henning ist nicht der Richtige für dich, Meike. Der Kerl ist nicht beständig, war sogar schon einmal verheiratet. Bei Kai hättest du ein gutes Leben gehabt. Er weiß, was er im Leben möchte. Wer studiert denn erst Jura, um dann als Surflehrer am Nieblumer Strand zu enden? Nein, Meike, das ist kein Mann fürs Leben.«

Jetzt wurde es mir doch zu bunt.

»Lass Henning aus dem Spiel. Wen ich liebe und wen nicht, entscheide immer noch ich. Egal, was du von ihm hältst, ich mag ihn. Und das lasse ich mir von dir auch nicht ausreden. Vielleicht ist es wirklich besser, wenn du jetzt abreist«, sagte ich und verschränkte dabei meine Arme vor der Brust.

»Meine Fähre geht in einer Stunde. Ich sollte mich jetzt besser auf den Weg machen.«

Und ohne mich noch mal anzusehen, ging sie an mir vorbei aus dem Raum und schnurstracks auf die Tür zu.

Wie vom Donner gerührt sah ich ihr nach. Auch wenn ich erwartet hatte, dass sie über kurz oder lang die Insel verlassen würde, war ich nicht davon ausgegangen, dass sie gleich mit der nächsten Fähre fahren würde. Es fühlte sich ganz danach an, als hätte sie sich auf Kais Seite geschlagen. Dabei war sie doch meine Mutter. Oder?

Noch ehe ich länger über die Mutter-Tochter-Beziehung zwischen meiner Mutter und mir nachdenken konnte, hörte ich draußen ein wildes Gezanke. Eilig ging ich zur Tür, um nachzusehen, was vorgefallen war, als ich Opa Paul und Käthe am Zaun stehen sah, der mal wieder als Austragungsort für ihre Streitigkeiten herhalten musste. Ich sollte demnächst ein paar Blümchen in seiner unmittelbaren Nähe pflanzen. Vielleicht würde ihn das erheitern. Oder die allgemeine Stimmung in seinem näheren Umfeld verbessern.

»Opa Paul, was ist denn passiert?«, versuchte ich mich mal wieder als Streitschlichterin.

»Käthe, dieses bösartige Weib, bereut es, dass ich aus der Inselklinik entlassen wurde.«

Erschüttert blickte ich zu unserer Nachbarin.

»Aber doch nur, weil du mir angedroht hast, den Zaun zu versetzen, weil du schon seit Jahren denkst, er stünde zu weit auf deinem Grundstück. Ich dachte, diese Angelegenheit hätten wir schon längst geklärt. Der Schlag auf den Kopf muss dort drinnen einiges durcheinandergewirbelt haben, wenn du mich fragst.«

Dabei machte sie mit ihrem Zeigefinger kreisende Bewegungen auf Höhe ihrer Schläfe.

»Hast du das gehört, Meike? Sie stellt mich hin, als wäre ich komplett plemplem. Dabei ist sie es doch, bei der eine Schraube locker ist. Ach, was sag ich. Nur eine? Alle!«

»Das muss ich mir nicht gefallen lassen. Das ist ja eine Unverschämtheit und überhaupt …«

»… Es wird wohl besser sein, wenn wir reingehen, Opa Paul. Wie wäre es jetzt mit einem Pharisäer? Den magst du doch so gerne. Ich weiß, wie man den machen muss, damit er wie im Café Steigleder schmeckt«, log ich und hoffte dabei inständig auf die erhellende Wirkung Googles.

Doch für den Moment taten meine Worte genau das, was ich erwartet hatte: Mein Großvater sah mich mit großen Augen an. Das Café Steigleder wurde 1919 als erste Konditorei auf Föhr eröffnet. Opa Paul mochte

Traditionen und kaufte seinen Kuchen nur dort. Alteingesessene Unternehmen mussten nach seiner Auffassung unterstützt werden. Schließlich war das auch ein Erbe unserer Insel und stand damit für Föhr.

»Was? Ich meine, was wollte ich noch gerade … Na ja, so ein Pharisäer ist natürlich schon eine feine Sache. Ich denke, wir müssen das hier vertagen, Käthe.«

Damit steuerte er geradewegs auf die Haustür zu und war im nächsten Moment im Haus verschwunden. Das alles ging schneller, als ich auf meinem Handy ein neues Fenster im Browser öffnen konnte.

»Ach, Käthe …«, rief ich über den Zaun, als diese ebenfalls bereits auf dem Rückzug war.

»Ja?«, fragte sie und drehte sich dabei noch mal zu mir um.

»Ist Henning schon wieder zurück?«

Beinahe hätte mich bei diesen Worten der Mut verlassen, aber ich wollte die Missverständnisse zwischen uns so schnell wie möglich aus der Welt schaffen.

Kopfschüttelnd sah Käthe mich an.

»Der ist irgendwann zurückgekommen, hat seine Tasche gepackt und ist zur Fähre gegangen. Irgendein Lehrgang stand wohl an, den er ganz vergessen hatte.«

»Ein Lehrgang?«, wiederholte ich ihre Worte und wurde mir dabei der Tatsache bewusst, dass ich so schnell nichts mit Henning würde klären können.

»Ist er denn länger weg?«

Käthe zuckte mit den Schultern.

»Das weiß ich leider nicht. Aber ihr jungen Leute habt doch alle Handys. Am besten fragst du ihn selbst.«

Damit setzte sie ihren Weg fort und war schon wenige Sekunden später in ihrem Haus verschwunden.

Anstatt auf dieses blöde Richtfest zu gehen, hätte ich mich im Haus einschließen sollen.

»Was ist denn nun mit dem Pharisäer?«, rief Opa Paul aus der Küche.

»Ich komme«, erwiderte ich eilig, weil ich nicht wollte, dass er erneut rauskam und der Streit mit Käthe damit womöglich in die nächste Runde ging.

Was Auseinandersetzungen jeglicher Art anbelangte, war mein Maß bis auf Weiteres mehr als voll.

Kapitel 17

Am nächsten Morgen erwachte ich mit schrecklichen Kopfschmerzen. Denn nachdem ich einmal herausgefunden hatte, wie ein Pharisäer zubereitet wurde, hatte ich diesen nicht nur für Opa Paul gemixt, sondern auch selbst ganz kräftig mitgetrunken. So viel, dass ich heute nicht mal dazu in der Lage war, die Augen zu öffnen.

»Meike, schläfst du noch?«

Opa Pauls Stimme dröhnte durch die geschlossene Zimmertür an mein Ohr.

Ich erwiderte mit einem undefinierbaren Laut, der sich am ehesten nach einem Bären anhörte.

»Ich gehe zum Bäcker Hansen und hole uns ein paar Kleinigkeiten. Reichen dir zwei Rosinenbrötchen?«

Allein beim Wort *Rosinenbrötchen* machte mein Magen Anstalten, sein Innerstes nach außen kehren zu wollen.

»Oder doch lieber ein Franzbrötchen? Beides?«

Wie Opa Paul an diesem Morgen nur ans Essen denken konnte, war mir schleierhaft. Schließlich hatte er eine Runde Pharisäer nach der anderen mit mir mitgehalten. Es war beinahe unverschämt, wie lebendig und gut gelaunt er klang, während ich jeden Moment davon ausging, das Zeitliche zu segnen.

»Ich schau einfach mal, was sie dahaben. Und du solltest so langsam aufstehen. Es ist zwar Sonntag, aber mittlerweile ist es schon fast elf Uhr. Wenn du so weitermachst, kannst du nämlich gleich liegen bleiben.«

Das war nicht die schlechteste Idee. So viel stand schon mal fest. Wäre da nicht Leni, die ich heute unbedingt treffen wollte, hätte ich mich auf die andere Seite gelegt und einfach weitergeschlafen.

Aber das konnte ich meiner besten Freundin nicht antun. Schließlich hatte sie nur meinetwegen in München alles stehen und liegen gelassen und war zu mir auf die Insel gekommen. Kater am Morgen hin oder her – Liegenbleiben war heute definitiv keine Option.

Quälend langsam kämpfte ich mich aus den Federn, die ich bis gestern mit meiner Mutter geteilt hatte. Doch noch ehe ich mir über unsere Beziehung Gedanken machen konnte, meldete sich mein Magen laut zu Wort. Hastig rannte ich zur Zimmertür und steuerte augenblicklich das Badezimmer an. Keine Sekunde zu früh!

Im Anschluss daran stellte ich mich unter die kalte Dusche und hoffte auf die wohltuende Wirkung des Wassers. Danach war ich zwar noch immer nicht mit dem blühenden Leben gesegnet, allerdings musste ich mich nicht mehr übergeben. Ein Teilerfolg, wenn man so wollte.

Opa Paul musste in der Zwischenzeit wieder hier gewesen sein, denn auf dem Küchentisch lagen die Tüten vom Bäcker. Von ihm war jedoch nirgends eine Spur zu sehen. Da ich gerade allerdings auch keinen Wert auf Gesellschaft legte, kramte ich in der Schublade, in der Opa Paul sein Nähzeug und die große schwarze Schere aufbewahrte, nach einem Ibuprofen und wurde zum Glück fündig.

Mit einer Kopfschmerztablette und einem halben Rosinenbrötchen im Magen konnte ich mir sogar vorstellen, den Tag außerhalb des Hauses zu verbringen. Noch bis vor wenigen Augenblicken war ich felsenfest davon überzeugt gewesen, zurück ins Bett zu müssen. Und das nicht nur wegen meines desolaten Gesamtzustands.

In der Zwischenzeit war mir nämlich wieder eingefallen, worüber ich mich gestern Abend mit Opa Paul unterhalten hatte. Wenn ich mich recht erinnerte, dann hatte ich ihm nicht nur mein Herz ausgeschüttet, sondern ihm ellenlang davon berichtet, wie sehr ich in Henning verliebt war. Zwar konnte ich mich beileibe nicht mehr erinnern, was er darauf erwidert hatte, peinlich war die Angelegenheit allerdings allemal gewesen.

Während ich versuchte, mir weitere Gesprächsfetzen in Erinnerung zu rufen, klingelte mein Handy. Leni.

»Hey, Leni. Sorry, dass ich mich gestern nicht mehr gemeldet habe«, entschuldigte ich mich bei meiner Freundin.

»Du, alles gut. Ich war ohnehin … viel zu müde.«

Wie zum Beweis gähnte sie, was sehr verdächtig klang.

»Dann warst du gar nicht mehr unterwegs?«, hakte ich nach, weil ich eine ganz genaue Vorstellung davon hatte, wie und mit wem sie ihren Abend verbracht hatte.

»Hm? Ich? Nein. Ich war in der Ferienwohnung.«

»Allein?«

»Natürlich allein. Was … also nun wirklich. Ich …«

Ich konnte regelrecht hören, wie Leni errötete.

»Gehört Lasse zum Alleinsein dazu?«

Keine Ahnung, woher ich die Kraft nahm, meine Freundin so zu verhören. Bis vor wenigen Minuten hatte ich geglaubt, der Tag wäre gelaufen, noch bevor er überhaupt begonnen hatte.

»Lasse, also ich weiß gar nicht, wie du …«

»Ist schon gut«, ruderte ich zurück, um meiner Freundin ein wenig Privatsphäre zu lassen.

»Hast du das von Henning schon gehört?«, wechselte Leni unvermittelt das Thema.

»Käthe hat es mir gestern erzählt. Aber warum telefonieren wir eigentlich, wenn du direkt gegenüber deine Ferienwohnung hast?«

Erst jetzt bemerkte ich, wie abstrus die Situation war.

»Ich bin nicht in der Wohnung«, stellte Leni kleinlaut richtig.

»Soll ich raten, wo du dich aufhältst?«

»Ich denke, wir wissen beide, wo ich bin. Irgendwann werde ich dir davon erzählen. Aber ich brauche noch ein wenig, um zu verstehen, was da gerade passiert ist. Okay?«

Leni war nicht der Typ Frau, der sich schnell verliebte. In all den Jahren, die ich Leni nun kannte, war sie zweimal richtig verliebt gewesen. So mit Kribbeln im Bauch, Dauergrinsen auf den Lippen und notorischer Vergesslichkeit, was alles andere in ihrem Leben anging. Nie zuvor waren ihr Kekse oder gar ganze Kuchen verbrannt. Damals schon. Allerdings war sie auch zweimal bitter enttäuscht worden. Nach dem zweiten Vorfall hatte sie sich Hals über Kopf in die Arbeit gestürzt und den Männern abgeschworen.

»Was da passiert ist, willst du wissen? Ich würde sagen, da trifft mal wieder die Redewendung zu: Was sich neckt, das liebt sich! Oder war es andersherum? Wie dem auch sei …«

Erst als ich die Worte laut ausgesprochen hatte, machte ich mir Gedanken darüber. Necken … Am Gartenzaun … Das passte doch noch zu beiden Menschen, die ich gut kannte … Was, wenn Opa Paul und Käthe sich nur neckten, weil sie sich nach wie vor liebten? War das denn möglich? Nach all der Zeit …

»Meike, bist du noch dran?«

»Hm? Ja. Entschuldige bitte, ich bin noch dran. Mir kam nur gerade ein Gedanke.«

»Was machen wir denn jetzt mit Henning?«, fragte Leni.

Seufzend pulte ich ein paar Rosinen aus dem Brötchen, das Opa Paul mir von Bäcker Hansen mitgebracht hatte.

»Ich habe keine Ahnung. Vermutlich muss ich warten, bis er zurückkommt. Erst dann kann ich die ganze Sache hoffentlich aufklären. Allerdings weiß ich nicht, ob er mir glauben wird. Ganz Föhr denkt wahrscheinlich, ich hätte Kais Antrag angenommen.«

Die Vorstellung war schlimm. Vor allem, da es sich bei Föhr nicht um eine riesige Metropole wie München handelte, sondern um ein Provinznest, in dem jeder jeden kannte. Ich liebte die Insel. Nur in diesem Fall wäre ein bisschen mehr Privatsphäre von Vorteil gewesen.

»Ach, lass die Leute doch reden! Wenn es danach geht, immer nur das zu sagen oder zu tun, was andere von uns erwarten, würden wir uns selbst schneller verraten, als uns lieb ist. Ich werde in Zukunft viel mehr versuchen, so zu sein, dass ich mich mag. Egal, was die anderen sagen.«

Das klang nach einem mutigen Vorstoß.

»Ich beneide dich für diesen Schritt, bin mir aber nicht sicher, ob ich das durchhalten könnte«, gestand ich.

»Zunächst einmal habe ich das jetzt mit mir so ausgemacht und ich will mich selbst nicht enttäuschen. Was daraus wird, wirst du mit Sicherheit erfahren. Aber nun muss ich leider los. Lasse will mit mir eine Wattwanderung rüber auf die Halligen machen.«

Also doch! Lasse hängte sich ganz schön ins Zeug für meine Leni. Offenbar hatte er ehrliches Interesse an ihr. Dabei waren die beiden grundverschieden. Er groß, stämmig, wortkarg und damit typisch nordisch. Sie klein, zierlich, wortgewandt und damit fast schon südeuropäisch.

»Das klingt nach einer sehr guten Idee.«

»Willst du nicht vielleicht mitkommen?«, fragte Leni.

Auch wenn ich es sehr lieb von ihr fand, dass sie mich auf andere Gedanken bringen wollte, lehnte ich dankend ab. Schließlich sollte sie die Zeit, die sie mit Lasse hatte, in vollen Zügen genießen. Sicher würde sie schon bald wieder zurück nach München in ihr Café zurückmüssen. Ohnehin würde ich es in meinem momentanen Zustand kaum schaffen.

»Bist du dir auch ganz sicher, dass du nicht mitmöchtest?« Leni ließ nicht locker.

»Nein, geht ihr nur. Ich muss noch dringend meine Bewerbung für das Museum *Kunst der Westküste* fertig machen und abgeben. Die Bewerbungsfrist endet bald.«

Stille am anderen Ende der Leitung.

»Leni, bist du noch dran?«

»Dann … willst du also wirklich hier auf Föhr bleiben? Was ist denn mit Fritzy und mir?«

Darüber hatte ich noch gar nicht nachgedacht. Wenn ich auf der Insel blieb, würde es schwieriger werden, meine Freundinnen regelmäßig zu sehen. Fritzy wurde zwar manchmal auf Inlandsflügen eingesetzt, die auch in den Norden der Republik führten, allerdings hatte sie dann meist keinen Aufenthalt und flog direkt wieder nach München.

Und Leni? Die würde ihr Café nicht alle paar Wochen dichtmachen und zu mir nach Föhr reisen können. Das stand außer Frage.

»Wir finden einen Weg«, sagte ich und hoffte, uns beiden damit Mut zu machen.

Aber gerade konnte ich es mir einfach nicht vorstellen, zurück nach München zu gehen, um mir dort einen neuen Job und eine neue Wohnung zu suchen. Wenn ich schon wieder bei null anfangen musste, dann in der nordfriesischen Karibik. Obwohl ich keinen blassen Schimmer hatte, ob das die richtige Entscheidung war. Denn bislang hatte ich weder eine Wohnung noch eine Festanstellung in Aussicht.

»Wenn Lasse und ich … Dann wäre ich sicher auch öfter hier«, überlegte Leni laut.

»Entschuldige bitte, Leni, auf der anderen Leitung kommt gerade ein Anruf rein.«

»Alles gut. Lasse drängt ohnehin schon. Wir hören uns später, ja? Ich drück dich und bin immer für dich da. Wenn du jemanden zum Reden brauchst …«

»… dann weiß ich, dass ich mich immer an dich wenden kann. Ich hab dich lieb.«

»Ich dich auch.«

Leni hatte gerade aufgelegt, als ich das andere Gespräch annahm.

»Meike Landwehr. Hallo?«

»Meike? Hier spricht Jette. Anne meint, du sollst ruhig mal im Museum vorbeischauen und deine Unterlagen vorbeibringen. Sie würde dich gerne persönlich kennenlernen. Wenn es dir zeitlich passt, dann gleich morgen Vormittag. Montags ist das Museum zwar geschlossen, aber so kann Anne dir alles in Ruhe zeigen und dir ein wenig von der Arbeit erzählen. Was meinst du?«

Es hatte ein paar Sekunden gedauert, bis ich realisierte, dass Jette, meine ehemalige Schulfreundin, am anderen Ende der Leitung war. Sie hatte Wort gehalten und wollte mir bei der Stelle im Museum helfen.

»Das hört sich richtig gut an. Ich werde da sein und gleich noch alle Unterlagen vorbereiten«, versprach ich.

»Perfekt. Dann gebe ich das so an Anne weiter. Sie ist ganz unglücklich, dass sie bisher noch keinen adäquaten Ersatz für sich gefunden hat. Ihr Job ist ihr so wichtig, dass sie sogar vorhatte, während des Mutterschutzes zu arbeiten. Es wäre mir also sehr recht, wenn ihr euch morgen ausgesprochen gut verstehen könntet. Anne ist ein wenig eigen. Aber sie liebt die alten Seefahrergeschichten Föhrs. Ach, und wenn du ihr den ein oder anderen Schatz aus eurer Seemannstruhe zeigst, wird sie sicher ganz aus dem Häuschen sein. Meine Familie hat darin noch immer alles aufbewahrt, was den früheren Generationen heilig war.

Sicher ist das bei euch nicht anders. Aber ich muss jetzt leider weiter. Viel Erfolg.«

Und noch ehe ich etwas erwidern konnte, hatte Jette das Gespräch beendet.

Langsam ließ die Wirkung des Pharisäers nach. Was mit Sicherheit auf die Kopfschmerztablette zurückzuführen war. Ich schnappte mir also meinen Laptop, öffnete ihn und machte mich sogleich daran, eine aussagekräftige Bewerbung zu verfassen. Als ich fertig und nach einigen Feinschliffen auch zufrieden damit war, wollte ich sie ausdrucken. Erst da bemerkte ich, dass das bei Opa Paul ja nicht ging. Im Kapitänshaus gab es nämlich weder einen Computer noch einen Drucker.

Suchend sah ich mich im Haus um. Dabei fiel mein Blick auf die alte Seemannstruhe, die einem meiner Vorfahren gehört hatte. Bei ihrem Anblick musste ich an Hennings Briefe denken, die all die Jahre dort in der Truhe gelegen hatten.

Kopfschüttelnd durchquerte ich das Wohnzimmer und ging auf sie zu. Beinahe andächtig kniete ich mich auf den Boden und öffnete sie. Vorsichtig strichen meine Finger über Kompasse, Sextanten, Seefahrtsbücher, Messingzirkel und all die anderen kleinen und großen Schätze, die über die Jahre hier ihren Platz gefunden hatten.

Doch was war denn das?

Zwischen all den vordergründigen Schätzen lag eine Fotografie. Vorsichtig hob ich sie aus der Truhe. Auf dem Bild war Opa Paul in jungen Jahren zu sehen. Die Frau an seiner Seite war jedoch nicht meine Großmutter. Bei genauerer Betrachtung erkannte ich … Käthe.

Aber konnte das wirklich sein? Die beiden sahen sich verträumt an. So wie das ein verliebtes junges Paar tat. Opa Paul trug schon damals seine Kapitänsmütze. Seine Pfeife war offenbar erst in späteren Jahren dazugekommen.

Was ich aber sehen konnte, waren zwei sich liebende Menschen, die heute kein Wort mehr miteinander wechseln konnten, ohne sich dabei anzuschreien. Zumindest wenn sie am Gartenzaun standen. In der Inselklinik war das schließlich ganz anders gewesen.

Wieder musste ich an das Telefonat mit Leni denken. Was sich neckt, das liebt sich. War es am Ende womöglich so, dass die beiden sich nach all der Zeit … Das war verrückt. Oder? Was aber, wenn nicht? Was wäre, wenn Opa Paul und Käthe noch immer Gefühle füreinander hegten, so wie Henning es bereits im Krankenhaus vermutet hatte, und diese ständigen Streitereien ein Ausdruck dieser war?

Zugegeben, für einen Außenstehenden waren sie nur ein zankendes altes Nachbarpaar, das kein gutes Haar am jeweils anderen lassen konnte. Aber die Fassade war schließlich nur das, was wir anderen Menschen bereit waren, von uns zu zeigen.

Während ich so darüber nachdachte, legte ich die Aufnahme behutsam zurück in die Box und schloss die Truhe wieder.

Dann blickte ich hinüber zu meinem Laptop, der noch immer aufgeklappt auf der Couch lag, und erinnerte mich an mein eigentliches Problem. Wie sollte ich die Bewerbung, die ich verfasst hatte, ausdrucken? Besser gesagt: wo?

Henning konnte in dem kleinen Schuppen am Strand unmöglich sein Büro haben. Dafür war der Raum viel zu klein. Gut möglich, dass er sich in Käthes Haus ein Büro eingerichtet hatte. Dort gab es ganz sicher auch einen Drucker. Ob ich Käthe danach fragen konnte?

Zu mir war sie in der Vergangenheit immer sehr freundlich gewesen. Ich konnte mich nicht daran erinnern, dass sie je mit mir geschimpft oder mich schlecht behandelt hätte.

Also klappte ich meinen Laptop zu und machte mich auf den Weg, um meine Bewerbung zu drucken. Und dabei ein paar gezielte Fragen zu stellen.

Kapitel 18

Käthe? Bist du da?«

Es fühlte sich merkwürdig an, vor Käthes Haustür zu stehen und anzuklopfen.

Auch sie wohnte in einem alten Kapitänshaus. Nur waren ihre Fenster nicht blau umrandet, sondern rot und auch ihre Haustür war nicht hellblau, sondern rot. Ansonsten waren sie sich ziemlich ähnlich, was die Bauart anbelangte. Was nicht weiter verwunderlich war, da sie annähernd zur selben Zeit gebaut worden waren.

Käthes Haus hatte ebenfalls keine Klingel. Also klopfte ich abermals und hoffte, sie war nicht ausgegangen. Vielleicht hatte sie sich aber auch zu einem Mittagsschläfchen hingelegt, und ich war gerade im Begriff, sie aufzuwecken.

Abwartend stand ich vor dem Haus und wusste nicht so recht, was ich nun tun oder besser lassen sollte, als die Tür abrupt geöffnet wurde und Käthe vor mir stand. Das alles passierte so schnell, dass ich einen kleinen Moment brauchte, um mich zu fassen.

»Hallo, Meike! Was kann ich denn für dich tun? Henning ist nach wie vor nicht da, falls du zu ihm wolltest.«

Dann verschränkte sie die Arme vor der Brust und sah mich misstrauisch an.

»Ich dachte ohnehin, du wärst mit deinem Verlobten zurück nach München.«

Der Vorfall auf dem Richtfest hatte sich also auch schon bis zu denen rumgesprochen, die gar nicht dort waren. Denn dass Henning Käthe davon erzählt hatte, glaubte ich nicht. Das passte nicht zu ihm. Er machte die meisten Dinge, die ihn beschäftigten, mit sich selbst aus. Zumindest war das in der Vergangenheit so gewesen. Ob das heute noch der Fall war, konnte ich nicht zweifelsfrei sagen. Aber das tat jetzt auch nichts weiter zur Sache.

»Nein, ich bin noch da. Und das mit Kai war eine Verwechslung. Wir werden nicht heiraten.«

»Nicht?«, fragte Käthe und zog dabei ihre Augenbrauen bis zum Scheitel hoch.

Kopfschüttelnd stand ich vor ihr.

»Ich bleibe auf der Insel und Kai ist schon abgereist. Meine Mutter ebenso. Käthe, ich bin hier, weil ich deine Hilfe benötige«, sagte ich und hob dabei meinen Laptop vielsagend in die Höhe.

»Oje, mit diesen technischen Dingen kenne ich mich leider überhaupt nicht aus. Ich weiß nicht mal, wie man das nennt, was du da in der Hand hältst. Tut mir leid, dass ich dir da nicht weiterhelfen kann. Aber es wird wohl besser sein, du fragst einen anderen um Rat.«

Käthe wollte schon zurück ins Haus. Jeden Moment würde sie die Tür wieder schließen. Ich musste handeln.

»Nein, nein. Ich benötige nur einen Drucker.«

Nach wie vor sah sie mich skeptisch an.

»Henning hat sicher einen in seinem Büro«, ergänzte ich.

Käthes Blick ging ins Innere des Hauses.

»Das ist gut möglich. Allerdings kann ich dich da nicht allein hineingehen lassen. Da sind ja die ganzen Unterlagen seiner Firma drin.«

Noch während sie das sagte, trat ich ohne Aufforderung durch die Tür ins Haus.

»Das musst du auch gar nicht. Ich freue mich doch, wenn du mir ein wenig Gesellschaft leistest.«

Und dabei aus dem Nähkästchen plauderst, vervollständigte ich in Gedanken den Satz.

Zwar hatte ich keinen blassen Schimmer, wie ich die Beziehung zu Opa Paul ansprechen sollte, aber ich blieb zuversichtlich. Irgendeine Idee würde mir schon noch kommen.

»Es ist gleich dahinten.«

Käthe ging voran, öffnete die Tür und offenbarte mir ein Chaos ungeahnten Ausmaßes.

»Aufgeräumt hat der Junge augenscheinlich nicht, bevor er zu seiner Tagung aufgebrochen ist«, räumte Käthe ein.

Es war ihr anzusehen, dass ihr die Situation ein wenig unangenehm war. Das Letzte, was ich wollte, war, sie in Verlegenheit zu bringen. Also ging ich einfach darüber hinweg.

»Da vorne steht er ja schon. Jetzt muss ich nur noch herausfinden, was das für ein Modell ist, und mein Gerät damit verbinden«, erklärte ich, während mich Käthe ansah, als wollte ich eine Teufelsaustreibung durchführen.

Während Käthe hier und da ein paar Blätter zusammenschob und dann das Fenster öffnete, um der abgestandenen Luft im Raum den Kampf anzusagen, blickte ich mich suchend im Zimmer um. Anhaltspunkte für Käthes und Opa Pauls Beziehung fand ich leider keine. Das wäre auch zu schön gewesen. Aber das Bild in der alten Seemannstruhe war sicher ebenfalls nicht für meine Augen bestimmt gewesen.

»Wie geht es denn Paul?«, fragte mich Käthe plötzlich ins Blaue hinein.

Als ich das Haus betrat, hätte ich es nicht für möglich gehalten, dass sie mich nach ihm fragen würde.

»Es geht ihm den Umständen entsprechend«, erwiderte ich und musste dabei an die zurückliegende Pharisäer-Nacht denken, die er weitaus besser weggesteckt hatte als ich.

»Hatte er denn noch mal Kopfschmerzen oder andere Beschwerden?«

Käthe ließ vom Fenster ab und sah mich besorgt an.

Erst jetzt realisierte ich, dass sie seinen Klinikaufenthalt meinte, der für mich gefühlt schon wieder eine Ewigkeit her war.

»Nein, nein. Keine größeren Beschwerden mehr. Er muss sich nur … schonen. Das ist alles.«

Damit konnte ich nichts falsch machen, dachte ich. Schonen musste sich im Grunde ja irgendwie jeder.

Käthes Gesichtszüge entspannten sich wieder. Meine Worte schienen sie zu beruhigen.

»Opa Paul und du …«, hob ich an und ließ den Rest des Satzes in der Luft hängen, sodass Käthe sich ihre eigenen Gedanken darüber machen konnte.

»Ich weiß nicht, was du meinst«, erwiderte sie eine Spur zu ertappt.

Verlegen strich sie sich mit der Hand über den Hals, auf dem sich bereits rote Pusteln gebildet hatten. Offenbar hatte ich ein Thema angeschnitten, das ihr nicht sonderlich behagte.

»Na, ich dachte nur.«

Dann wandte ich mich dem eigentlichen Grund meines Besuches zu. Wenn ich morgen im Museum eine vernünftige Bewerbung in der Hand halten wollte, dann musste ich zusehen, dass ich meinen Laptop und den Drucker irgendwie miteinander verband. Zumindest hatte ich jetzt den Typ ermittelt und suchte im Netz nach der passenden Software. Das würde schon klappen. Es musste einfach.

Nach einigen Versuchen, die mich nicht weiterbrachten, gelang es mir tatsächlich, die entsprechende Software herunterzuladen und die beiden Geräte miteinander zu verbinden. Ich drückte also auf das Drucken-Symbol in meinem Dokument und es passierte … rein gar nichts.

»Das verstehe ich nicht«, sagte ich mehr zu mir selbst, während Käthe dazu übergegangen war, Staub zu wischen.

»Stimmt was nicht?«, fragte sie besorgt und wischte sich dabei ihre Hände an der Kittelschürze sauber.

Ich konnte mich nicht daran erinnern, wann ich Käthe je ohne gesehen hatte. Heute war das Muster maritimer Natur. Das Blau-Weiß auf dem Stoff wirkte beruhigend, auch wenn auf der Schürze mitunter Seeungeheuer und stürmische See zu sehen waren.

»Ich habe auf *Drucken* gedrückt, aber der Drucker macht nichts. Ich verstehe … Ah, okay. Er hat offenbar kein Papier mehr.«

Suchend blickte ich mich im Raum um. Der Drucker stand auf einer Kommode. Gut möglich, dass er das Papier dort aufbewahrte. Oder bislang noch nicht für Nachschub gesorgt hatte. Beides war durchaus denkbar.

»Darf ich?«, fragte ich Käthe, bevor ich die Türen der Kommode öffnete.

Ein winziger Stoß von Papieren kam zum Vorschein und ein Fotoalbum, das sehr alt wirkte. Mit meinen Fingern strich ich über den samtigen Saum, der es umhüllte.

»Wo hat er das denn her?«, fragte Käthe beinahe panisch, griff nach dem Album und presste es vor die Brust, als hinge ihr Leben davon ab.

Anstatt unmittelbar auf das Album zu sprechen zu kommen, schnappte ich mir den mickrigen Papierstapel und legte ihn in den Drucker.

»Ich hätte die Fotos schon lange verbrennen sollen«, verkündete Käthe in meinem Rücken.

»Das habe ich einmal gemacht, nachdem mein Freund damals mit mir Schluss gemacht hat. Ich war Anfang zwanzig und es war meine erste längere Beziehung. Ich bereue es bis heute, dass ich keine Bilder mehr aus dieser Zeit habe. Denn auf vielen der Fotos war ich auch drauf.«

Käthe räusperte sich.

»Manchmal weiß der Verstand ganz genau, was zu tun ist, nur das Herz weigert sich vehement. Ich denke zu oft an diese Zeit zurück. Was alles schiefgegangen ist und … Es lässt sich ja doch nichts ändern. Zu viele Brücken wurden abgerissen und nicht wieder aufgebaut. Das Leben hat sich in unterschiedlichen Richtungen entwickelt. Und heute? Heute bin ich alt und klammere mich wie eine junge Deern an einem Fotoalbum fest, das völlig aus der Zeit entrückt ist.«

Käthe wirkte müde und resigniert, als sie das Buch nur noch mit einer Hand an ihrer Seite nach unten gleiten ließ.

Vorn auf dem Album klebte ein Bild, das ich heute bereits zum zweiten Mal sah.

»Ist das ein Fotoalbum von dir und Opa Paul?«, fragte ich vorsichtig, während der Drucker endlich seinen Dienst tat und die Blätter ausspuckte, die ich ihm geschickt hatte.

Käthe seufzte.

»Es war nicht immer so, musst du wissen. Das mit den Streitigkeiten, meine ich. Früher haben Paul und ich uns richtig gut verstanden. Sehr gut sogar. Wir wollten heiraten und eine kleine Familie gründen. Tja, und dann ist uns das Leben dazwischengekommen.«

»Was ist passiert?«, hakte ich nach und setzte mich auf den Schreibtischstuhl, der vor Hennings Tisch stand.

»Paul ist zur See gefahren, was ihm sehr gefiel. Bis er eines Tages etwas erlebt hat, was ihn zutiefst verstört hat. Bis heute hat er nicht mit mir darüber gesprochen. Aber als er nicht mehr raus aufs Meer fuhr, war es ohnehin bereits zu spät. Ich hatte mich für einen anderen Mann entschieden, weil ich wusste, dass ich vor Sorge um Paul umkommen würde. Ich war nicht dazu in der Lage, mich wie die

Frauen aus früheren Generationen um Heim und Kinder zu kümmern, während mein Mann monatelang unterwegs war und ich nicht wusste, ob er überhaupt noch lebte. Paul hat das nie verstanden. Dabei hätte er mich nach diesem Erlebnis auf hoher See gebraucht. Allerdings war es da schon zu spät.«

Mucksmäuschenstill lauschte ich ihren Worten, während Käthe gedanklich in eine andere Zeit gereist war. Ich war mir nicht mal sicher, ob sie sich der Tatsache bewusst war, dass sie nicht allein war.

»Warum findet ihr denn heute keinen Weg mehr zueinander? Eure Partner sind doch schon so lange verstorben. Es wäre sicher für euch beide ein Trost, wenn ihr wieder …«

Käthe schüttelte leicht den Kopf, als erwachte sie aus einer Art Trance.

»Paul hat seinen Standpunkt nie aufgegeben. Er hat mir bis heute nicht verziehen, dass ich ihn damals verlassen habe, als er mich am meisten gebraucht hätte. Er konnte einfach nicht begreifen, dass ich das ewige Warten nicht mehr aushielt und darin keine Zukunft für uns beide sah. Für ihn sieht es so aus, als hätte ich ihn bei erstbester Gelegenheit hintergangen. Er wird es nie verstehen. Niemals.«

Tränen liefen über Käthes Wangen, deren Haut bei näherer Betrachtung an zerknittertes Backpapier erinnerte. Ihre blauen wässrigen Augen röteten sich. Der Kummer stand ihr offen ins Gesicht geschrieben.

»Ich … Es tut mir leid, dass ich dich zum Weinen gebracht habe«, entschuldigte ich mich und reichte ihr eine

Packung Taschentücher, die auf Hennings Schreibtisch lag.

Unordnung war nicht immer schlecht.

»Nein, du bist doch nicht schuld, dass mir alter Närrin Tränen über die Wangen kullern. Ich bin dir sogar dankbar dafür, dass du mich daran erinnert hast. Als das mit Paul vor wenigen Tagen war, da … Nun, es hat mir mal wieder gezeigt, wie schnell das Leben vorbei sein kann. Und dennoch wüsste ich nicht, wie ich den alten Sturkopf von seiner Meinung abbringen könnte. Paul ist sehr nachtragend. Ich denke nicht, dass wir in diesem Leben noch eine Chance haben. Dafür ist zu viel passiert.«

Das durfte einfach nicht sein. Zwei Menschen, die sich liebten, wohnten Tür an Tür und fanden doch nicht zueinander. Dabei war es offensichtlich, dass beide unter der Situation litten.

Ein Gesprächsfetzen aus der vergangenen Nacht schoss mir durch den Kopf. Opa Paul hatte mir von seiner Sehnsucht erzählt, endlich in einem sicheren Hafen anzukommen. Von Seeungeheuern und hohen Wellen war die Rede gewesen, die so übermächtig waren, dass man sich sicher sein konnte, diese nicht zu überleben.

»Was Paul nicht weiß … Ich war damals schwanger von ihm. Das Kind habe ich verloren, während er unterwegs war. Ich hatte niemanden, mit dem ich darüber reden konnte. Meine Mutter hätte nicht verstanden, dass wir beide … Schließlich waren wir noch nicht verheiratet. Die Zeiten damals waren anders. Der Schmerz war so übermächtig. Manchmal denke ich, dass er ganz ähnlich war wie der, den Paul draußen auf dem Meer erlebt hat. Ob wir beide in diesem Moment glaubten, sterben zu müssen?«

Schockiert sah ich Käthe an. Die Vorstellung, ein Baby zu verlieren, während der Vater des Kindes unerreichbar war, war schrecklich. Heute gab es Handys, Internet und Videotelefonie. Wenn man wollte und die Nummer hatte, gab es gefühlt fast immer tausend Möglichkeiten, miteinander zu reden oder zumindest zu schreiben. Aber damals?

»Das stelle ich mir sehr schlimm vor, Käthe. Dein Verlust tut mir leid. Ich bin sicher, dass Opa Paul heute verstehen würde, warum du damals so gehandelt hast«, wagte ich einen Vorstoß.

Doch kaum dass ich das letzte Wort laut ausgesprochen hatte, schüttelte sie vehement den Kopf.

»Auf gar keinen Fall! Ich will nicht, dass Paul erfährt, dass ich ein Kind von ihm erwartet habe. Das würde die Sache nur unnötig verkomplizieren. Er würde sich Vorwürfe machen und das will ich nicht. Es ist besser, wenn ich die Böse in dieser Geschichte bleibe. Hörst du? Ich möchte nicht, dass du ihm etwas von dieser Unterhaltung erzählst. Das muss unser kleines Geheimnis bleiben. Versprichst du mir das?«

Käthe redete eindringlich auf mich ein, während sich ihre Gesichtsfarbe immer mehr der weißen Wand in ihrem Rücken anpasste. Durchdringend sah sie mich an und ihre Hände begannen leicht zu zittern.

»Ich verstehe dich, Käthe, auch wenn ich nicht glaube, dass das die richtige Entscheidung ist. Aber es ist deine Entscheidung. Und ich werde mich nicht einmischen. Das ist eine Sache, die nur du Opa Paul erzählen kannst.

Mir würde er vermutlich ohnehin nicht glauben«, gab ich zu bedenken.

Käthe runzelte leicht die Stirn, als würde sie über meine Worte nachdenken. Ihr Blick blieb dabei fest auf mich gerichtet.

»Ich sollte dann langsam gehen«, sagte ich und umklammerte meine Bewerbung wie einen Schutzschild.

Als ich mich von meinem Platz erhob, fiel mir ein Terminkalender ins Auge, der offen dalag. Aufgeschlagen war das Buch bei der aktuellen Woche. Dort stand etwas von einer Tagung geschrieben. Henning war offenbar tatsächlich dorthin aufgebrochen. Wenn auch ein wenig überstürzt. Außerdem hatte er mit keinem Wort erwähnt, dass er die nächsten Tage nicht auf der Insel sein würde.

Allerdings gab es dazu auch keinen Grund. Henning und ich waren kein Paar. Er musste mir keine Rechenschaft über sein Handeln ablegen. Sicher fühlte er sich spätestens nach Kais Auftritt auch nicht mehr verpflichtet dazu. Dabei hatte alles so schön angefangen. Wir hatten uns doch gut verstanden. Oder?

Wie sah Henning eigentlich das da zwischen uns? War das nur ein harmloser Flirt für ihn oder mehr? Und war Henning überhaupt Single? Das war ein weiterer Punkt, den ich bislang nicht abschließend klären konnte. Als Surflehrer lernte er sicher viele hübsche Frauen kennen und hatte die Qual der Wahl.

»Komm ruhig mal wieder, Meike. Es war schön, mit dir zu plaudern. Beim nächsten Mal backe ich uns einen Kuchen und brühe frischen Kaffee auf. Im Garten ist es in den Frühlings- und Sommermonaten besonders nett.

Henning hat vor einiger Zeit einen Strandkorb gekauft, in dem man herrlich sitzen kann. Ich frage mich, wie ich in all den Jahren nur ohne auskommen konnte.«

Sie lächelte zufrieden, während ihr Blick gen Garten gerichtet war.

Sicher tat es Käthe gut, nicht mehr allein zu leben.

Die Vorstellung, im Alter einsam in einer Wohnung zu sitzen und niemanden zu haben, der mich an Weihnachten besuchte, war eine Horrorvorstellung, die sich so manches Mal in meine Gedanken schlich, wenn ich mir mal wieder bewusst wurde, dass ich die Dreißig bereits überschritten hatte.

Im Grunde war ich noch jung und alle Wege standen mir offen. Nur wusste ich nicht, welcher Weg davon wohl der richtige für mich war. Was, wenn ich mich für den falschen entschied und am Ende nicht mal einen Strandkorb mein Eigen nennen konnte?

Sehnsüchtig blickte ich hinaus in den Garten. Wie durch Zauberhand erschien vor meinem inneren Auge die Picknickdecke, die Henning immer für uns ausgebreitet hatte. Wie wir gemeinsam darauf lagen und in den Himmel blickten, während er mir die Sternenbilder erklärte, und ich mich auf seine Schulter legte, um ihm möglichst nahe zu sein.

Es war kein teures Haus in einer schicken Münchner Vorstadtgegend oder ein schnelles Auto, wonach ich mich im Leben sehnte. Gerade täte ich fast alles dafür, um so unbekümmert auf Hennings Schulter liegen zu können wie damals, als wir noch beinahe Kinder waren.

»Ich komme sehr gerne wieder, Käthe«, versprach ich, ehe ich mich mit meiner Bewerbung auf den Weg hinüber zu Opa Pauls Kapitänshaus machte.

Kapitel 19

Mit den Worten »Du bist also Meike« empfing mich Anne weit weniger offen, als ich es nach Jettes Gespräch erwartet hätte.

Dennoch bemühte ich mich, freundlich zu lächeln und mir nicht anmerken zu lassen, wie sehr mich Annes Worte trafen.

»Und du musst Anne sein. Jette hat schon viel von dir erzählt«, erwiderte ich.

»So? Hat sie das?«

Auf Annes Stirn bildeten sich nachdenkliche Falten, während sich ihre Augen zu schmalen Schlitzen verzogen.

Die Situation behagte mir nicht. Vor allem, da sie mich bislang noch nicht mal ins Museum hineingebeten hatte. Was war nur los? Warum begegnete Anne mir derart feindselig? Fand sie es womöglich übergriffig, dass Jette mir versprochen hatte, Anne würde ein gutes Wort für mich einlegen, ohne mich zu kennen? Oder war sie fremden Menschen gegenüber grundsätzlich nicht so offen?

Irgendwie hatte ich mir das leichter vorgestellt.

»Ich habe ein altes Schiffstagebuch meines Urgroßvaters mitgebracht.«

Jette hatte mir gesagt, dass sich Anne für derartige Dinge interessierte. Also spielte ich meinen Trumpf gleich zu Beginn aus. Bis zum Schluss zu warten und dabei nicht mal ins Museum vorgelassen zu werden, erschien mir keine Alternative darzustellen.

»Tatsächlich? Das ist ja höchst interessant«, erwiderte Anne und öffnete die Tür gerade so weit, dass ich ins Innere des Hauses eintreten konnte.

Wir standen direkt im Museumsshop, einem hellen und freundlich wirkenden Raum, in dem neben Bildern und Postkarten Bildbände, Spiele und Bücher über Föhr verkauft wurden.

Doch wir hielten uns nicht länger in dem Raum auf, sondern gingen sogleich links in die Ausstellung, das Herzstück des Museums, wenn man so wollte.

Auf dem hölzernen Parkettboden ertönte das Klackern meiner Stiefel wie ein Donnergrollen. Schon tat es mir leid, mich nicht für die Ballerinas entschieden zu haben. Diese wären allerdings für den ersten Eindruck nicht sonderlich passend gewesen. Vor allem nicht, da sie schon weitaus bessere Tage gesehen hatten.

An den Wänden hingen ein paar Gemälde, daneben standen auf kleinen Tafeln Erläuterungen. In der Mitte des Raums waren zwei Bänke, auf die man sich setzen konnte, um die Atmosphäre auf sich wirken zu lassen. Ein wenig sah das Ganze wie eine kleine Version des Louvre in Paris aus.

An den Raum schlossen sich zwei weitere an, ehe wir durch einen verglasten Flur liefen. Im Museumsgarten standen blau-weiße und rot-weiße Strandkörbe bereit, in denen man sich einfach ausruhen oder ein Stück Kuchen aus Grethjens Gasthof genießen konnte.

»Lass uns raus in den Garten gehen! Heute ist das Wetter so schön, da können wir es uns in einem der Strandkörbe bequem machen.«

Mein Blick fiel bei Annes Worten auf ihren runden Babybauch. Sicher war es angenehmer für sie, sich hinzusetzen und nicht die ganze Zeit zu stehen.

»Das klingt nach einem sehr guten Vorschlag.«

Als wir zusammen in einem blau-weißen Strandkorb Platz genommen hatten, holte Anne tief Luft.

»Okay, Butter bei die Fische. Wie stehst du zu Jette?«

Während sie mir diese Frage stellte, sah sie mich eindringlich an und wagte es dabei nicht mal zu blinzeln.

»Jette und ich waren in derselben Klasse. Wir hatten früher nicht so viel Kontakt zueinander, aber …«

»Puh, das beruhigt mich«, hörte ich Anne erleichtert aufatmen, während ich zu verstehen versuchte, was genau ihre Sorgen gewesen sein könnten.

»Ich meine, natürlich bin ich mir im Klaren darüber, dass Jette ein Leben vor mir hatte. Sie ist eine so attraktive Frau. Aber dennoch will ich nur ungern mit der Nase darauf gestoßen werden, wenn du verstehst, was ich meine.«

Ich verstand. Endlich!

»Du willst wissen, ob zwischen Jette und mir je was lief? Da kann ich dich beruhigen. Ich stehe ausschließlich auf

Männer. Schon immer. Und daran wird sich so schnell auch nichts ändern.«

Anne lachte.

»Entschuldige bitte, ich muss dir furchtbar eifersüchtig vorkommen, aber wenn man ein Kind erwartet, dann spielen die Hormone komplett verrückt, sag ich dir. Hast du schon eigene Kinder? Vielleicht kennst du das ja.«

Ich schüttelte den Kopf und lächelte bemüht. Von eigenen Kindern war ich ähnlich weit entfernt wie der Sylter Lifestyle vom heimeligen Flair Föhrs. Nicht, dass ich mir gewünscht hätte, Föhr wäre ein bisschen mehr wie Sylt. Früher, als ich noch mit Kai zusammen war, da vielleicht. Aber auch nur, weil ich hoffte, er würde sich dann ein wenig wohler fühlen. Dieses Kapitel war jedoch ein für alle Mal abgeschlossen. Also konnte auch alles so bleiben, wie es war. Wo war ich gleich stehen geblieben?

»Na ja, kommt alles noch. Da bin ich mir ganz sicher. Du hast ja diesen Antrag bekommen …«

Wenn ich noch Zweifel gehabt hatte, irgendein Bewohner dieser Insel hätte nicht von Kais Heiratsantrag beim Richtfest gehört, waren diese hiermit ein für alle Mal zerstreut.

»Kai ist wieder in München«, erwiderte ich bemüht lächelnd.

Das war mit Sicherheit das merkwürdigste Bewerbungsgespräch, das ich je geführt hatte.

»Oh, das tut mir leid. Wegen Henning?«, bohrte sie nach, ließ mich aber gar nicht erst zu Wort kommen. »Ich dachte ja immer, das wäre so ein Schwerenöter, weil er in den Surfkursen schon das ein oder andere Mal …

auf Tuchfühlung mit seinen weiblichen Kundinnen geht. Aber vielleicht ist das auch alles nur dummes Geschwätz. Du kennst ja die Leute«, schob Anne noch nach, als sie meinen verstörten Gesichtsausdruck bemerkte.

Zumindest ging ich davon aus, dass ich verstört aussah. Denn genau so fühlte ich mich gerade.

Aber was hatte ich erwartet? Im Grunde war ich selbst schon davon ausgegangen, dass Henning kein Kind von Traurigkeit war. Und bis vor wenigen Tagen hatten wir uns das letzte Mal vor fünfzehn Jahren gesehen. Das war ein halbes Leben.

»Magst du mir vielleicht ein wenig über deine Stelle hier erzählen?«, wechselte ich das Thema und drückte Anne meine lilafarbene Bewerbungsmappe in die Hand.

Es war einem Wunder gleichgekommen, dass ich im Tante-Emma-Laden von Frau Krause in Wyk fündig geworden war. Besonders groß war die Auswahl nicht gewesen. Schwarz war jedoch keine Option für mich gewesen. Also war es das freundliche Lila geworden, zu dem ich mich in einem anderen Leben nie hätte hinreißen lassen. Zu einem freundlichen Blau oder einem offenen Grün, ja. Aber lila?

»Natürlich.«

Anne schlug sich mit der flachen Hand gegen die Stirn. »Ich wusste doch, dass wir nicht hier waren, um uns über den Föhrer Klatsch und Tratsch zu unterhalten.«

Lächelnd nahm sie die Mappe entgegen und parkte sie auf ihrem Babybauch, ohne einen Blick hineinzuwerfen.

»Also, die Sache ist die, wir benötigen jemanden, der sich den besonderen Bedürfnissen unseres Hauses anpassen kann. Das bedeutet, dass du sowohl Führungen für Erwachsene übernehmen müsstest, aber auch Workshops für die Kleinsten. Wir arbeiten eng mit Kindergärten, Schulen und Kliniken zusammen. Das Aufgabengebiet ist sehr vielfältig und damit enorm abwechslungsreich. Du solltest also flexibel sein und dir gerne Neues überlegen, um unsere Museumsgäste bei Laune zu halten. Das wäre es auf den Punkt gebracht, glaube ich.«

Anne schob die schwarz umrandete Brille die Nase hoch, die etwas heruntergerutscht war. Ihr blondes langes Haar hatte sie zu einem einfachen Knoten zusammengebunden. Sie sah nett aus. Und ehrlich. Das, was sie mir sagte, sollte mich nicht beeindrucken oder mir Angst machen, es diente einzig und allein zur Information.

»Das klingt toll! Ich habe an der Uni bereits mit jungen Erwachsenen zusammenarbeiten dürfen. Das hat mir sehr viel Spaß gemacht. Mit Kindern stelle ich es mir zwar nicht leichter, aber irgendwie schöner vor. Weißt du, wie ich meine? Sie sind noch so wissbegierig und können es kaum erwarten, wenn man …«

»Shit!«, entfuhr es Anne, die plötzlich auf die Füße sprang.

»Also, natürlich ist es weitaus schwieriger, den Kleinen Kunst und Kultur nahezubringen. Da bin ich ganz deiner Meinung. Allerdings glaube ich …«, bemühte ich mich, das eben geäußerte *Shit* zu relativieren.

»Meine Fruchtblase ist geplatzt. Das ist viel zu früh. Viel zu früh. Ich brauche einen Notarzt, einen Rettungswagen, am besten gleich einen Helikopter.«

Erst jetzt bemerkte ich, dass sich rund um ihre Füße ein kleiner See gebildet hatte.

»Keine Panik. Ich verständige zuerst Jette und die soll sich um alles kümmern. Du setzt dich am besten wieder hierher zu mir und bleibst ganz ruhig. Hörst du? Möchtest du vielleicht ein Glas Wasser?«

Anne sah mich mit weit aufgerissenen Augen an. Alles, was sie wollte, war jemand, der qualifizierte Hilfe leisten konnte. Da schied ich leider grundlegend aus, denn ich hatte das ganze Prozedere der Geburt noch nicht durchlaufen. Und nie zuvor hatte ich diesen Umstand mehr bedauert als gerade jetzt.

Mit zitternden Fingern wählte ich Jettes Nummer und informierte sie kurz darüber, was soeben passiert war. Die fünf W-Fragen, die im Ernstfall bei der Notrufhotline zu beantworten waren, versuchte ich nach bestem Wissen und Gewissen miteinfließen zu lassen. Was allerdings nicht ganz so einfach war, weil bei Anne nun auch noch die Wehen einsetzten und sie schrecklich zu schreien begann. Markerschütternd.

Zum Glück war Föhr eine nordfriesische Insel und nicht München zur Rushhour. Nur wenige Minuten nach meinem Anruf kam Jette wie von Sinnen hereingestürmt. Im Schlepptau befand sich bereits ein Sanitäter, der Anne schon im nächsten Moment auf eine Trage legte, um sie ins Inselklinikum zu bringen, das auch über eine gynäkologische Abteilung verfügte.

»Danke, Meike. Das werde ich dir nie vergessen. Falls das Kind ein Mädchen wird, bekommt es als zweiten Namen deinen Vornamen. Ich würde mich freuen, wenn du Patin wirst. Aber das kannst du dir noch in Ruhe überlegen.«

Wahnsinn, wie ausgeprägt der Redefluss bei manchen Menschen war, wenn sie sich in Ausnahmesituationen befanden. Jette war so aufgeregt, dass sie gar nicht wusste, wohin mit der vielen, vom Adrenalin freigelegten Energie.

Anne wurde bereits in Richtung des gläsernen Flurs gefahren, durch den wir noch vor wenigen Minuten ganz entspannt spaziert waren.

»Du hast den Job, Meike. Morgen geht es los. Sei pünktlich!«

»Ähm. Danke«, rief ich Anne nach, als sie fast schon außer Hörweite war.

Jette rannte den beiden hinterher, sodass ich allein zurückblieb. An meinem neuen Wirkungskreis. Dem ich mich schon morgen das erste Mal widmen durfte.

Während mir diese Gedanken durch den Kopf gingen, wusste ich beim besten Willen nicht, ob ich weinen oder lachen sollte. Ich entschied mich für beides.

Kapitel 20

Opa Paul saß mit seiner Kapitänsmütze in der Küche und rauchte zu früher Stunde bereits Pfeife, während er den Insel-Boten las. Sein Lieblingskaffeebecher stand neben ihm und dampfte verführerisch.

»Na, für wen hast du dich denn so fein herausgeputzt, meine Meike?«, fragte er, als er mich in die Küche kommen hörte und von seiner geliebten Tageszeitung aufblickte.

Musternd sah er mich von oben bis unten an.

»Ich trete heute meinem neuen Job an«, verkündete ich mit einem gewissen Stolz in der Stimme.

Zwar wusste ich nach wie vor nicht, ob das ein Fluch oder Segen war. Schließlich hatte ich den Umstand, eine Stelle gefunden zu haben, der kleinen quietschfidelen Amalie Meike zu verdanken, die gestern Abend in der Inselklinik das Licht der Welt erblickt hatte.

»Was denn für ein Job? Davon weiß ich ja gar nichts.«

Nachdem Opa Paul gestern den gesamten Tag über auf der Baustelle verbracht hatte und ich nach den strapaziösen Geschehnissen des Tages schlichtweg vor dem Fernseher eingeschlafen war, gab es bislang noch keine Möglichkeit, ihm von meiner Stelle im Museum zu berichten.

»Jette hat da was für mich eingefädelt«, erklärte ich und goss mir ebenfalls Kaffee aus dem Thermobecher in eine Tasse.

»Jette? Bist du jetzt bei den Robben?«, fragte Opa ungläubig.

»Nein, bei den Bildern. Im Museum *Kunst der Westküste*«, erklärte ich und zog mir dann ein frisches Rosinenbrötchen aus der Tüte.

Mein Großvater hatte mir in meinem bisherigen Leben nur selten gesagt, dass er mich liebte. Dafür zeigte er es mir jeden Tag, indem er mir ein oder gleich zwei Rosinenbrötchen von Bäcker Hansen mitbrachte.

Dabei musste ich erst an Lasse und dann an Leni denken. Von den beiden hatte ich gestern nichts mehr gehört. Ich würde meiner Freundin gleich noch eine Textnachricht schicken, bevor ich mich auf den Weg ins Ungewisse machen musste. Denn natürlich hatte ich keine Ahnung, was mich heute in meinem neuen Wirkungskreis erwartete.

»Das klingt ja vielversprechend. Ist die Stelle von Dauer? Warum hast du nichts gesagt? Dann hätte ich dir doch gleich zwei Brötchen mitgebracht. Was willst du denn heute Mittag dort essen?«

Rührend, wie sehr er sich um mich sorgte.

»Vom Zander übers Roastbeef bis hin zum Frühlingssalat gibt es in dem Restaurant, das dem Museum angeschlossen ist, alles, was das Herz begehrt. Ich werde sicher nicht verhungern.«

Verschnupft nahm Opa Paul seine Zeitung wieder in die Hand.

»Aber natürlich freue ich mich auch riesig über Hansens-Rosinenbrötchen. Das weißt du doch, Opa Paul«, beeilte ich mich zu sagen und drückte ihm dabei ein Küsschen auf die Wange.

Dieser war besänftigt und nahm einen großen Schluck aus seiner Tasse.

Während ich genüsslich einen Teil des Rosinenbrötchens mummelte, schrieb ich Leni ein paar Zeilen, was in der Zwischenzeit vorgefallen war. Ich berichtete sogar von meinem Besuch bei Käthe, auch wenn ich die Schwangerschaft nicht erwähnte. Schließlich hatte mich Käthe ausdrücklich darum gebeten.

»Lasse und ich sind auf der Hallig Langeneß geblieben, nachdem die Flut wieder einsetzte und wir noch nicht mal richtig an Land waren. Er hat dort Freunde, bei denen wir übernachten konnten. Du hast gefehlt. Ich überlege mir was für Opa Paul und Käthe. Das kann man sich ja nicht länger mit ansehen. Die beiden brauchen dringend einen Schubs in die richtige Richtung. Einen schönen ersten Arbeitstag wünsche ich dir.«

Dann folgte noch ein Emoji mit küssendem Smiley und rotem Herz.

Leni hatte vollkommen recht. Das mit meinem Großvater und Käthe konnte man nicht länger mitansehen. Die beiden brauchten ganz dringend ein wenig Rückenwind. Von beiden Seiten, damit sie aufeinander zuhalten mussten und gar nicht anders konnten, als sich endlich in die Arme zu nehmen.

»Ich muss dann los«, rief ich.

»Nimm Käthes Fahrrad«, bot Opa Paul an.

»Aber das gehört doch Käthe.«

»Ist besser, wenn sie nicht damit fährt. Erst im letzten Herbst ist sie auf dem nassen Laub ausgerutscht und hingefallen. Drei Wochen lag sie im Krankenhaus und brauchte eine neue Hüfte.«

Daher wehte also der Wind. Opa Paul hatte das Fahrrad nicht im Schuppen versteckt, weil es ihm am Gartenzaun ein Dorn im Auge war. Es ging ihm darum, Käthe vor sich selbst zu schützen. Er liebte sie noch immer. Da mochte er so ketzerisch über sie reden, wie er wollte, und sie am Zaun anpflaumen. Mir machte er nichts mehr vor.

Kapitel 21

Mit gemischten Gefühlen bog ich an diesem Abend in die Strandstraße ein. Der erste Tag im Museum war anders als verlaufen als erwartet, aber meine beiden Kolleginnen hatten mich überschwänglich willkommen geheißen. Und auch die Leiterin, Frau Henske, wirkte sehr freundlich und nett, wenn auch ein wenig distanziert. Aber das brachte die Position vermutlich so mit sich.

Noch immer in Gedanken versunken, stieg ich vor Opa Pauls Kapitänshaus vom Fahrrad und wollte es eben an Käthes Gartenzaun lehnen, als sie wie von der Tarantel gestochen auf mich zusteuerte und wild fuchtelnd gestikulierte.

»Was denkst du dir eigentlich, einfach ungefragt mein Fahrrad zu nehmen?«

Ein kalter Schauer lief mir bei ihren Worten über den Rücken.

Natürlich hatte ich heute Morgen versucht, bei ihr zu klopfen und sie zu fragen, ob ich mir ihr Fahrrad ausleihen dürfte. Als ich sie allerdings nirgends finden konnte

– nicht mal im Garten im Strandkorb –, entschied ich mich, das Rad zu nehmen und mich später zu erklären.

»Was ist denn hier los?«

Plötzlich stand Leni neben mir.

»Ich habe mir Käthes Fahrrad geborgt. Opa Paul meinte …«, hob ich zu einer Erklärung an.

Doch mitten im Satz unterbrach mich Käthe einfach.

»Dieser alte Egozentriker hat kein Recht, mein Fahrrad zu verleihen. Auch wenn er sich noch so von ihm gestört fühlt.«

Abwehrend hob ich die Hände in die Höhe, als nun auch Opa Paul aus dem Haus gelaufen kam. Das Chaos war perfekt.

»Habe ich da meinen Namen gehört?«, fragte er und schob sich dabei die Pfeife in den Mund, während er seine Kapitänsmütze richtete.

»Was erlaubst du dir eigentlich? Du kannst doch Meike nicht einfach, mein Rad überlassen. Was, wenn ich es heute gebraucht hätte?«

Leni sah mich mit großen Augen an. Offenbar war sie nun im Bilde.

»Es steht die meiste Zeit des Tages doch ohnehin nur dumm an *meinem* Zaun herum«, behauptete Opa Paul und befeuerte die Unterhaltung damit wie mit einer ganzen Flasche Spiritus.

»Was erlaubst du dir?«

Käthes Gesicht wurde rot vor Wut.

»Stopp!«, rief Leni so laut, dass wir sie alle anstarrten.

»Ich finde, wir sollten darüber in Ruhe sprechen. Sicher gibt es für alles eine ganz einfache Erklärung.«

»Natürlich gibt es die. Paul ist ein alter unfreundlicher Mann, der Dinge sagt und tut, die man nicht mal seinem schlimmsten Feind wünscht.«

Käthe hatte sich so richtig in Rage geredet, während Opa Paul noch immer gelassen an seiner Pfeife zog.

Leise informierte ich Leni, warum Opa Paul wirklich wollte, dass ich mit Käthes Fahrrad fuhr.

»Hast du schon mal darüber nachgedacht, dass Paul sich Sorgen um dich und deine Hüfte machen könnte?«, fragte Leni in den Zwist der beiden hinein und hatte dabei große Mühe, Gehör zu finden.

Opa Paul räusperte sich verlegen und zupfte an seiner Mütze herum.

Käthe sah erst Leni und dann Opa Paul verwundert an.

»Du wolltest nicht, dass ich damit fahre, weil du …«

»… Du fällst doch ohnehin nur wieder hin. Und dann ist es vielleicht ganz aus. Eine Operation in unserem Alter steckt man nicht mehr so leicht weg. Du musst besser auf dich aufpassen, Käthe. Und wenn du es schon nicht tust, dann muss ich das halt für dich übernehmen. Tut ja sonst keiner.«

Er zuckte mit den Schultern.

Für einen Moment hatte ich so etwas wie Hoffnung, dass die beiden doch noch einen Weg finden würden, aufeinander zuzugehen.

»Auf sich aufpassen? Das sagt der Richtige. Wer ist denn erst vor wenigen Tagen von der Leiter gefallen, weil er es einfach nicht lassen kann mit dem Arbeiten? Du könntest längst im Garten in der Hängematte liegen und endlich die Bücher lesen, die du schon immer lesen wolltest«, konterte Käthe und wirkte dabei kein bisschen versöhnlich.

»In der Hängematte sterben die Leute. Ich will nicht sterben. Und da ich sonst keine Aufgabe im Leben habe, gehe ich halt zur Arbeit. Da trifft man wenigstens jemanden und kann sich austauschen.«

Damit war das also auch geklärt. Er ging nicht weiter arbeiten, um Geld zu verdienen, sondern um seine sozialen Kontakte zu behalten.

Eigentlich waren sie nur schrecklich einsam.

»Wenn ihr mich fragt, sind die beiden hoffnungslose Fälle«, ertönte plötzlich Hennings Stimme in meinem Rücken.

Er war zurück.

»Was machst du denn hier?«, fuhr ich ihn an, weil ich mich dermaßen erschrocken hatte.

»Na, das nenne ich mal eine Begrüßung. Und müsste ich nicht vielmehr dich fragen, was du hier machst? Schließlich wollte dein Kai dich doch am liebsten jetzt und gleich heiraten. Ich dachte, du wärst schon in den Flitterwochen. Oder verbringt ihr die am Ende hier auf Föhr?«

Henning lächelte, auch wenn ich ihm ansah, dass ihn das Thema nicht so kaltließ, wie er tat. Erwartungsvoll blickte er mich an, während mein Herz doppelt so schnell schlug wie noch vor wenigen Minuten.

Henning war zurück. Er war zurück. Ich konnte endlich alle Missverständnisse aufklären und ihm von meiner Stelle im Museum erzählen. Dann musste ich an Annes Worte denken und ich machte innerlich einen Rückzieher. Wollte ich denn wirklich, dass mein Herz schon wieder gebrochen wurde? Wer sagte mir, dass Henning überhaupt eine Zukunft mit mir wollte? Gut möglich, dass er sein Singledasein genoss und keine feste Beziehung eingehen wollte.

»Kai ist Geschichte. Ich habe seinen Antrag nie angenommen. Er ist mittlerweile wieder in München, denke ich. Ebenso wie meine Mutter.«

Erst gestern hatte sie mir eine kurze Nachricht geschickt, dass sie meinetwegen und wegen der geplatzten Hochzeit unglaublich viel Arbeit am Hals hatte. Nun musste sie allen Dienstleistern, denen sie gerade erst wieder zugesagt hatte, noch einmal absagen. Die Situation war unangenehm und wenig erbaulich. Sie schob dabei mir die ganze Schuld in die Schuhe.

Ich hatte es dabei belassen und war nicht weiter darauf eingegangen. Manche Menschen waren einfach unbelehrbar und ließen sich nur schwer von einer anderen Meinung überzeugen. Also sparte ich mir den Atem und die getippten Wörter und löschte die Nachricht einfach, damit sie mir später nicht die Laune verderben konnte. Ein unglaublich belebendes Gefühl.

Denn nicht alle Menschen, die in unserem Leben waren, taten uns gut. Dabei war es ganz egal, ob es Freunde, Verwandte oder sogar die eigenen Eltern waren. Auch wenn man sich seine Familie nicht aussuchen konnte, hatte man immer das Recht, sich von ihnen zu distanzieren, wenn sie einem nicht guttaten.

»Das sind ja … gute Nachrichten.«

Henning schien sich nicht ganz sicher darüber zu sein, ob er mich in den Arm nehmen sollte oder ob es besser war, mir darauf die Hand zu geben. Heraus kam ein mächtiges Durcheinander aus Schultern und Händen. Woraufhin wir uns verschämt ansahen.

»Seht ihr, was ich sehe?«

Leni war gut darin, eine Situation zu retten. Sehr gut sogar. Doch Hilfe kam in diesem Fall aus unerwarteter Richtung.

»Hat meine Großmutter sich gerade bei Paul untergehakt?«

»Sie gehen in den Garten«, merkte ich unnötigerweise an.

»Sollten wir den beiden nicht besser nachgehen?«

Leni klang besorgt.

»Ich denke, wir sollten den beiden ein wenig Zeit geben. Und einen Vertrauensvorschuss. Ganz besonders einen Vertrauensvorschuss«, sagte ich.

Und während ich den beiden so nachsah, machte ich mir Gedanken über mein eigenes Leben. Wollte ich mich wirklich von der Angst lähmen lassen, Henning könnte ein Schwerenöter sein und jeder Surfschülerin an die Wäsche wollen? Da konnte ich mich geradewegs an den frei gewordenen Zaun stellen und mich mit ihm bis ins hohe Alter streiten.

Oder aber ich nahm all meinen Mut zusammen, wartete keine sechzig Jahre und sagte jetzt, was mir auf dem Herzen lag. Frei heraus. Und ohne es danach zurückzunehmen.

»Du hast mir gefehlt, Henning.«

Ich wagte es nicht, ihm dabei in die Augen zu sehen. So mutig war ich nicht.

»Ich war doch nur ein paar Tage weg.«

Henning schien nicht zu verstehen, worauf ich hinauswollte.

»Lasse ruft an, da muss ich rangehen«, sagte Leni und schwenkte ihr Handy, das weder aufleuchtete noch vibrierte.

Sie zwinkerte mir vielsagend zu und ging dann hinüber zu ihrer Ferienwohnung. Das Handy nahm sie nicht mal ans Ohr, da Henning ohnehin mit dem Rücken zu ihr dastand. Und nur Augen für mich hatte. Irgendwie.

Denn da war es doch passiert und ich hatte ihn angesehen. Mein Herz setzte einen Schlag aus, während ich mich an meinen Vorsatz erinnerte und das hier durchziehen wollte.

»Das meine ich nicht«, erwiderte ich mit brüchiger Stimme.

»Erst jetzt, da ich wieder auf Föhr bin, weiß ich, wie sehr ich dich vermisst habe in all den Jahren, in denen wir uns nicht gesehen haben, Henning. Ich weiß nicht, was daraus wird, und ich habe auch keine Ahnung, was du von meinen Worten denkst oder hältst … Aber ich muss dir einfach sagen, dass ich noch immer weiche Knie in deiner Gegenwart bekomme, nachts von dir träume und bei jedem verdammten Stern am Himmel an dich denken muss.«

»Das sind reichlich viele Sterne da oben …«, wandte Henning ein und schenkte mir dabei sein schiefes Grinsen.

»Lenk nicht ab«, ermahnte ich ihn, woraufhin er sich aufrecht hinstellte und vor mir salutierte.

»Was wäre, wenn ich dir sagen würde, dass ich keine Picknickdecke am Strand sehen kann, ohne an dich zu denken? Und ich sehe wirklich viele davon. Schließlich arbeite ich dort.«

Henning hatte wieder eine bequeme Haltung eingenommen, ehe er mir eine Haarsträhne aus dem Gesicht hinters Ohr schob und dabei eine Spur zu lange mit seiner Handfläche meine Wange berührte. Die goldenen Sprenkel in seinen Augen leuchteten so schön mit der Frühlingssonne um die Wette, während mein Herz wilde Sprünge vollführte und mir dabei beinahe aus dem Brustkorb purzelte.

»Ehrlich?«

Er nickte und lächelte dabei.

»Du bist die Frau meines Lebens, Meike. Und es tut mir leid, dass ich nicht stark genug war, dich schon viel früher zu suchen. Wenn ich bedenke, was wir in all den Jahren hätten alles miteinander machen können, dann …«

Bevor er weiterreden konnte, legte ich ihm meinen Zeigefinger auf die Lippen.

»Alles ist genau so gut und richtig, wie es ist. Wir haben beide unsere Erfahrungen gemacht und können uns jetzt voll und ganz aufeinander einlassen. Also das heißt, wenn du das überhaupt willst.«

Ein wenig war es mir peinlich, derart Nägel mit Köpfen zu machen. Das war doch sonst nicht meine Art. Gleichzeitig spürte ich jedoch, dass ich meinem Herzen das Ruder in die Hand geben musste. Es wusste, was zu tun war.

»Ich freue mich auf alles, was da kommt, meine Meike. Und vor allem bin ich froh, dass du den Heiratsantrag von diesem schmierigen Kerl nicht angenommen hast.«

Er lachte und ich stimmte glücklich und zufrieden mit ein.

»Es wird nur ein Weilchen dauern, bis die Insel Bescheid weiß, dass ich Henning Albers liebe und nicht Kai aus München.«

Henning zog mich an sich und küsste mich, dass mir ganz schwindlig wurde. Mit zittrigen Knien stand ich vor ihm, während ich jeden Moment darauf wartete, dass meine Beine versagten und ich wie Wackelpudding in seinen Armen lag.

»Bis dahin genießen wir die gemeinsame Zeit ausgiebig. Was meinst du?«

»Ich meine, dass sich das nach einem verdammt guten Plan anhört«, erwiderte ich und küsste ihn daraufhin, um ein wenig Halt zu finden und um dem Gefühl nachzuspüren, das ich bei seinen Küssen empfand.

Schwerelos auf Wolken hüpfend und dabei Marshmallow essend – genau das war das Gefühl, das ich hatte, wenn ich Henning küsste. Und schon jetzt wusste ich es sicher: Davon würde ich nie genug bekommen.

Epilog

Ein Jahr später

Mit schwitzenden Händen saß ich im Büro meiner Chefin und wartete darauf, dass sie erklärte, dass mein Vertrag nicht verlängert werden konnte, weil Anne demnächst aus der Babypause zurückkehren wollte.

Mehr als einmal hatte ich mich in den vergangenen Monaten damit auseinandergesetzt. Und nachdem Henning mich vor einiger Zeit gefragt hatte, ob ich ihn heiraten wollte, waren Bilder von meiner Kündigung an der LMU vor meinem geistigen Auge aufgeblitzt.

Die Situation konnte man gut und gerne als Déjà-vu bezeichnen.

»Frau Landwehr, Ihr befristeter Vertrag läuft demnächst aus. Aus diesem Anlass wollte ich mich mit Ihnen zusammensetzen und alles Weitere besprechen.«

Das ließ nichts Gutes verhoffen. Beinahe panisch schluckte ich gegen den Kloß in meiner Kehle an. Und das, obwohl ich bereits mit Henning darüber gesprochen hatte, was mir für Optionen blieben, wenn mein Vertrag nicht verlängert werden sollte.

Es würde mir endlich möglich sein, meine Dissertation zu beenden, die ich in den vergangenen zwölf Monaten sträflich vernachlässigt hatte. Henning hatte mir zudem angeboten, in seiner Surfschule die Büroarbeit zu übernehmen, bis ich etwas anderes gefunden hatte, was mich so sehr erfüllte, wie es die Stelle im Museum tat.

Nicht einen einzigen Tag hatte ich mich im vergangenen Jahr auf die Arbeit quälen müssen, weil mir die Menschen, mit denen ich zusammen sein durfte, sowie die Tätigkeit unglaublich ans Herz gewachsen waren.

Ich liebte es, mit den Kleinsten der Kleinen auf Entdeckungstour durchs Museum zu gehen, den älteren Menschen ein Gefühl dafür zu vermitteln, was es bedeutete, von Kunst umgeben zu sein, und Vorträge über die wechselnden Ausstellungen vor Publikum zu halten. Das war genau der Job, den ich mir immer gewünscht, von dem ich aber nicht gewusst hatte, dass er es war.

Am Ende musste ich meinem Professor für Europäische Ethnologie auch noch dankbar dafür sein, dass er mir gekündigt hatte.

»Wie gefällt es Ihnen denn bei uns?«

»Wenn ich sagen würde, ich liebe meinen Job, wäre das noch untertrieben.«

Frau Henske lachte.

»Das stimmt. Sie sind mit so viel Begeisterung und Elan bei der Arbeit, dass ich mir manchmal ein großes Stück von Ihnen wünschen würde. Sie machen das wirklich toll. Dennoch …«

Nun würde das Unvermeidliche folgen. Und auch wenn ich mich mental bereits darauf eingestellt hatte, den Job zu verlieren, hieß das nicht, dass es mich kaltließ. Ganz im Gegenteil.

»Es ist schon in Ordnung. Anne wird bald zurückkommen und die Stelle war ohnehin nur befristet«, platzte es plötzlich aus mir heraus, weil ich Frau Henske ein wenig entgegenkommen wollte.

Ihr fiel das alles offenbar auch nicht besonders leicht.

»Dann wollen Sie gar nicht länger bei uns bleiben? Haben Sie womöglich schon etwas anderes gefunden?«, fragte sie ein wenig aufgelöst.

»I-ich? N-nein!«, stotterte ich unbeholfen.

»Da bin ich aber erleichtert. Anne hat beschlossen, erst in einem Jahr wiederzukommen. Allerdings wollte ich Ihren Vertrag nicht nur verlängern, sondern in einen unbefristeten ändern. Wenn Sie denn mögen. Ich brauche Sie nämlich für weitere Aufgaben, die auch in den Bereich der Finanzen liegen. Was meinen Sie? Haben Sie darauf Lust?«

Hatte mir meine Chefin gerade allen Ernstes einen unbefristeten Job angeboten? Hatte ich das richtig gehört? Nein, ich musste mich täuschen. Ganz sicher sogar.

»Was meinen Sie?«, hakte sie nach einem kurzen Moment nach, in dem ich still dasaß und nicht glauben konnte, was meine Ohren soeben vernommen hatten.

»Natürlich will ich. Ich weiß nur nicht, was ich sagen soll. Das ist … wie ein Traum.«

Kaum hatte ich meinen Satz beendet, kullerten auch schon Tränen über meine Wangen.

Leni war zu Besuch, um Lasse und mich zu sehen. Und all die anderen natürlich auch. Heute Nachmittag würde Fritzy eintreffen und wir wollten am Abend zusammen im Garten feiern.

Käthe war zu Opa Paul ins blau-weiße Kapitänshaus gezogen, während Henning und ich das rot-weiße übernommen hatten. Ob sie sich ihre Geheimnisse je erzählten, habe ich nie erfahren. Und das war auch gut so.

Den Strandkorb hatte sie zwar mitgenommen, aber Henning und ich sparten schon auf einen neuen. Und bis dahin wollten wir die Fläche nutzen, um das Leben zu feiern. Mit ganz vielen Freunden und Familie. Allerdings nur mit den Menschen, die uns guttaten. Das war unsere Lebensphilosophie.

Noch während ich mein Glück kaum fassen konnte, kamen meine beiden Kolleginnen in den Raum und nahmen mich glücklich in den Arm. Offenbar hatten sie vor der Tür gestanden, um mich zu trösten. Nun durften sie sich mit mir freuen. Und heute Abend mitfeiern, so viel war schon mal sicher.

Wie benommen taumelte ich nach dem Gespräch aus dem Museum. Meine Chefin hatte mir für den Rest des Tages freigegeben. Sie meinte, Feste sollte man feiern, wie sie fielen, und ich gab ihr recht. Ohnehin war heute nicht allzu viel los im Museum. Die drei würden auch ohne mich zurechtkommen.

Kaum dass ich aus dem Gebäude herausgelaufen war, nahm ich mein Handy aus der Tasche und wählte Hennings Nummer. Als sein Klingelton in meiner unmittelbaren Nähe ertönte, erschrak ich schrecklich. Aber nur kurz.

»Was machst du denn hier?«

»Glaubst du, ich lass dich ein solch wichtiges Gespräch allein durchstehen, mein aufgetautes Fischstäbchen?«, stellte er mir eine Gegenfrage und grinste dabei.

Den Spitznamen hatte ich weg, seit ich mich das erste Mal mit Henning an meiner Seite aufs Surfbrett gewagt hatte.

Ich nahm ihn dennoch in den Arm und küsste ihn.

Meinen sicheren Hafen.

Den Mann, bei dem ich sein durfte, wie ich war.

Henning, der mich an den guten und noch mehr an den schlechten Tagen liebte.

»Sie wollen mich behalten, Henning. Ich soll sogar mehr Stunden arbeiten. Und ich bekomme einen unbefristeten Vertrag.«

Noch ehe ich geendet hatte, riss mich Henning in die Höhe und drehte sich mit mir zusammen im Kreis. Mir wurde ganz schwindelig dabei. Vor Glück. Vor Dankbarkeit. Vor Freude.

»Dann ist der Strandkorb schon bestellt«, erwiderte Henning und küsste mich, sobald er mich wieder auf dem Boden abgestellt hatte.

Noch immer drehte sich alles bei mir, aber das Gefühl war wunderschön. Ein wenig wie schwerelos auf einer Wolke zu spazieren und dabei Marshmallows zu essen.

ENDE

Danksagung

Liebe Leserinnen und Leser,

vielen lieben DANK für das Interesse an meinen Büchern.

Es hat mir außerordentlich viel Spaß gemacht, die Geschichte über Meike & Henning zu Papier zu bringen und mit den beiden nach Föhr in die friesische Karibik zu reisen. Zumindest gedanklich ;-) Wenn ich es ebenso geschafft habe, euch mit meiner Geschichte ein paar schöne Lesestunden zu bereiten, dann bin ich sehr glücklich darüber.

Bedanken möchte ich mich an dieser Stelle ganz herzlich bei meinen engagierten und wunderbaren Testleserinnen. DANKE für eure ehrlichen Worte, eure Begeisterung und euer Mitfiebern. Ohne euch wäre das Ganze nur halb so schön. Vielen lieben DANK, dass ihr den Weg mit mir gegangen seid! Ich freue mich bereits heute über euer Feedback zum nächsten Buch.

Liebe Anne, ein ganz besonderer Motivationsschub in diesem Buch war die Freude, die dir die Geschichte bereitet hat. DANKE hierfür.

Vielen DANK, liebe Sybille, dass du mein Manuskript mit so viel Sorgfalt korrigiert hast.

Vielen DANK an meine Leser und Leserinnen, dass ihr mit mir in die Geschichte von Elsie & Jamie abgetaucht seid.

Eure Nele

Außerdem freue ich mich sehr auf regen Austausch mit euch:

http://www.milasummers.com
E-Mail: mila.summers@outlook.de
facebook: Mila Summers
Instagram: books_by_mila_summers

PS: Wenn euch meine Geschichte gefallen hat, würdet ihr mir unglaublich helfen, wenn ihr eine Rezension auf dem Buchportal eurer Wahl schreiben würdet. Dann bekommen vielleicht noch weitere Leser und Leserinnen die Möglichkeit, meine Geschichten kennenzulernen.

Die Autorin

Hinter Nele Blohm steht die erfolgreiche Bestsellerautorin und Selfpublisherin Mila Summers. Sie wurde 1984 in Würzburg geboren. Als Kulturwissenschaftlerin arbeitete sie lange für eine Onlinedruckerei, bevor sie in der Elternzeit zum Schreiben fand, dem sie sich nun ganz widmet. Sie liebt das Meer und Liebesgeschichten mit Happy End, die uns an wunderschöne Orte entführen. Mit Mann, Kindern und ihrem übermütigen Jack Russell Lizzy lebt sie in ihrer Heimatstadt.